U0088311

誰在你後面！

鬼故事

前言

各位讀者大家好，我是雪原雪，這是第五本我的鬼故事集。

靈界的世界與我們息息相關，無論哪個宗教，有光明就有黑暗，這是無庸置疑的。

本次為仍然收集了臺灣的靈異故事以及特別的鬼怪故事，每一篇每一個故事絕對都是台灣本土所有的和發生的，縱然可能因為人事時地物的關係而有做修改，但是絕對都是發生在你、我身邊最近的距離。沒有抄襲、沒有老梗，每一次的故事都告訴讀者：靈界與我們的生活確實是一體兩面的，彼此都會影響到。

好好的思考，當靈界的朋友造訪你時，你會為祂或是為你自己帶來什麼樣的結果呢？

祝各位平安。

誰在你後面！

鬼故事

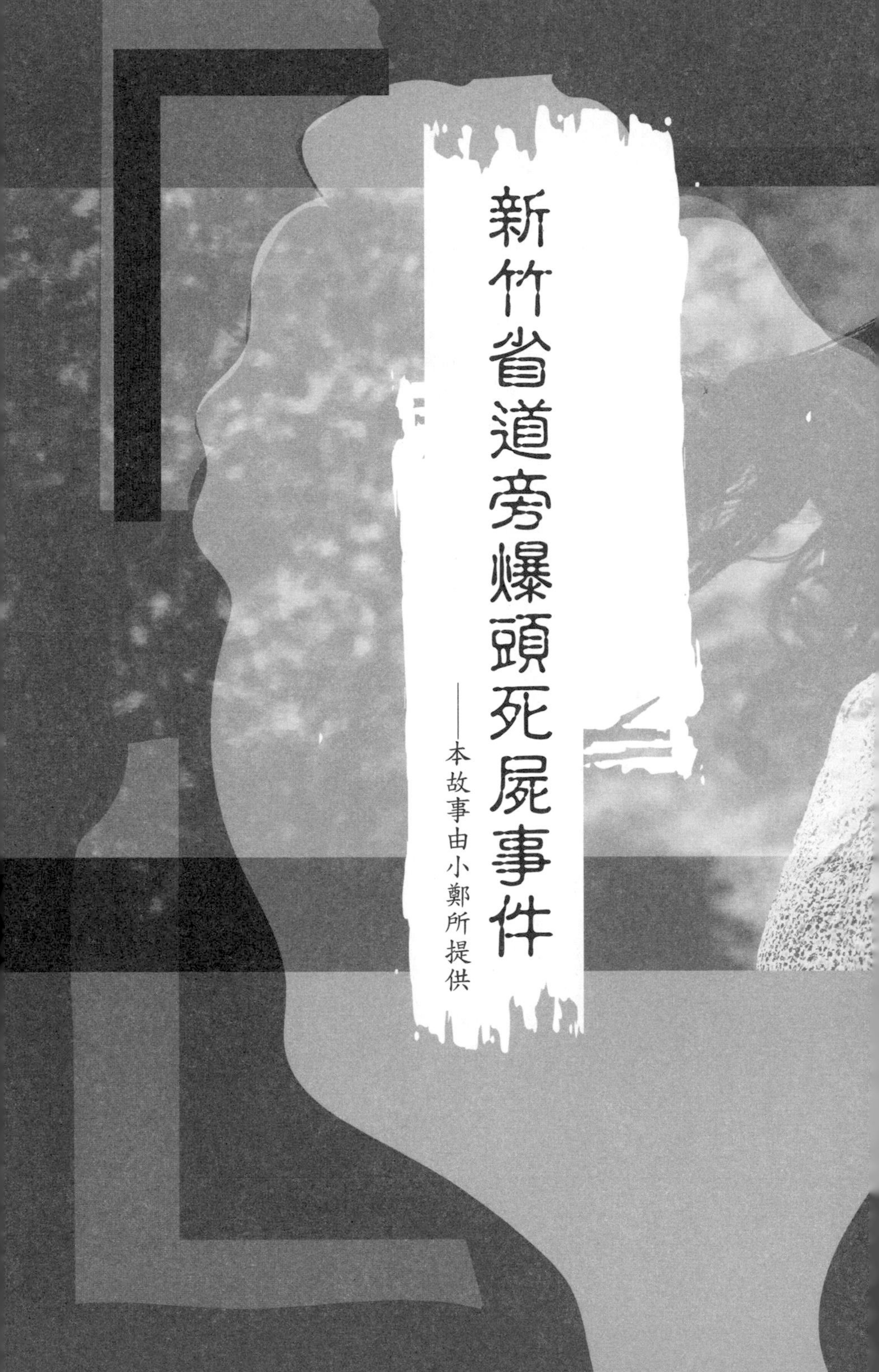
新竹省道旁爆頭死屍事件
——本故事由小鄭所提供

還是屬於二十世紀的事情，一個沒有網路沒有手機的年代。

新竹某省道旁一日清早，一位慢跑的陳先生不經意往旁邊望去，這是他已經跑了快五十年的省道，從小跑到大再熟悉不過；今天怎麼有一種異樣的感覺促使著他往旁邊望去？

「幹XX恁XX咧！」一聲大聲的國罵伴隨著一連串的髒話和尖叫聲，在這凌晨非常刺耳。

◆

死者很快就被知道身分了，是XX宮的劉主委，現年五十九歲，擔任宮內主委已經多年；宮內是政府立案的宗教社團法人，由委員會選出四年為期一任的主任委員，統稱主委來管理宮內一切事務。

劉主委本身就是社區總幹事，所以處理宮內事務非常得心應手；再加上劉主委從以前就是當地的信徒和香客，又是主神X主公的契子，在因緣際會下加入委員會，做事情認真又有效率，在委員會擔任幾屆委員、監委和副主任委員後，總算當上了正式的主任委員。

這一上任，就擔任了兩屆八年，劉主委的太太再擔任一屆，接著再次成為主委，下屆再次連任。

王警官吸了一口菸，那神情凝重的樣子讓我印象深刻，但最主要是後面那句話讓我一輩子忘不了。

「會有這種下場，也不奇怪啦！」王警官說完，吐了一口痰在地上。

深耕宮廟近二十年，黑白兩道都吃香的劉主委，再加上和宮廟內的道長多年都有主持大小法會，多少懂一些法術，可是當地形象再好不過的了！為何王警官會對著屍體說出這種話？

過沒多久葬儀社的人來了，掀開白布的那一瞬間我忍著翻騰的胃液，看到劉主委最後的一面。

劉主委原本就是有些福相，雙下巴配著瞇瞇眼感覺很像彌勒佛般和藹可親，至少在我擔任地方小報記者的這幾年，劉主委都對我這種小角色親切又尊重；每次用咪咪眼帶著微笑對我喊著：「小鄭！辛苦啦！來啦！來坐！喝茶！」我就會坐到泡茶桌邊，邊喝著台東舞鶴的金萱烏龍茶，邊聽他和我分享宮廟內大小事。

「這次X主公得道日，有平安餐可以吃。小鄭你那天把時間空下來，來吃平安湊熱鬧吧！」劉主委和藹的幫我倒上熱茶，金萱烏龍茶的茶香滿溢著整間宮廟。

至少我個人對劉主委非常敬重，也因此在白布掀起時我並沒有撇開眼光，想說這是我對他最後一面的尊重。

唉！我想我錯了。

劉主委右臉從嘴巴往上鼻梁、眼窩、頭都消失了，只剩下左邊的臉，原本咪咪眼的左眼爆出突起，消失的右邊頭流出白色腦漿、混著原本福態的人油暗紅色的大量血液，那顆左眼透露出恐懼直達我的心竄，翻攪著胃液從腹腔直達頭皮……

我不爭氣的吐了！混著胃液口水和鼻涕。

王警官瞪了我一眼：「幹！臭的要死！不要隨便破壞現場！」王警官邊罵邊遠離我，「你又不是菜鳥，吐什麼啦！」又幾句台語的罵人話。

但那時候我已經不舒服到聽不清楚。雖然身為小記者跑地方新聞天經地義，但是我還是打從內心難過。而且劉主委爆頭的悽慘死狀，那個透露出的恐懼更讓我不知所措。

◆

地方小報是出現了半版的篇幅介紹了劉主委的事情，後面結尾也以遺憾作為結尾，整起調查像是以劉主委不慎跌落遭受嚴重撞擊的意外而結束。

對，照片我去拍的，新聞報導我也是依照警方提供的調查線索

及家屬要求低調而當作完結；但是我心中隱隱約約感覺事情沒那麼單純。

我坐在辦公桌前拿起一根菸，當時的我喜歡大衛的菸，雖然是白盒子尼古丁成分不重，不過當我陷入思考時我還是喜歡點著菸考慮之後的方向。

佛洛伊德好像說過口腔期是嗎？嬰兒戒不掉的嘴唇依賴還什麼的……

我將手中的菸捻熄，這邊多想什麼也沒什麼用，該去劉主委的宮廟晃晃，也許還能做點後續報導什麼的。

◆

下午的宮廟似乎在準備著什麼，還蠻熱鬧的；對，我想起來了，今天好像是X主公得道日還什麼的。

我走到宮廟門口，很快就被其他人認出來，被招呼到茶桌喝茶；

雖然劉主委出意外死了，但是委員會的大家還是要熱鬧熱鬧，畢竟一年一度盛事不能停，也要讓信眾恢復信心，劉主委的死只是意外，不要再繼續糾葛，至少委員會的成員們也是這麼認為。

吃完飯放鞭炮，看得出來大家都不太談劉主委的事，新的主委也要盡快選出來；我抽完菸，拿著一疊金紙準備去燒。

往功德箱投了五十元鈔票，金紙燒完後我走到了樓上的大殿；雖然宮廟一樓是辦公室和主神X主公，但是樓上也是有供奉X佛和XX上帝，神像更大尊，我是打算看一看就要離開。

劉主委的死就是意外吧！沒什麼好查的了。邊想邊走上大殿，剛好大殿要關門，看到王師兄準備敲暮鼓晨鐘。

王師兄跪在大殿的地上，不停磕頭，身邊還站著一個人，是誰我看不太清楚；既然在磕頭，那就別打擾了，我打算用手拜拜後就離開，那人影望向我，和我四眼相對。

那人……不就是劉主委嗎！

我打從腳底發涼直衝腦門！全身汗毛似乎都豎了起來，那一瞬間我身體動彈不得！

劉主委的臉仍然是爛的……朝我一步一步走過來！嘴巴似乎想說些什麼，我感覺到強烈的耳鳴！痛到我的耳朵彷彿聽不到任何聲音！

劉主委的嘴一張一合，手僵硬的指向我、再指向王師兄！

我想喊卻喊不出來，劉主委走到離我只有一步的距離……一股鮮血腐敗的味道從我鼻子衝入！想吐、卻吐不出來！我眼睛也向是被定住一般，看著劉主委爆出的眼球，再順著他僵硬舉起的手看向王師兄、我的眼球根本無法控制，只能任由劉主委的手硬生生的看著王師兄。

「對不起、X主公！對不起、X主公！」每喊一次X主公，王師兄就用力的磕頭！漸漸的，我看到地上血越來越多！『噗！噗！』的聲音傳到了我的腦中！

我的眼球又被『強硬』的轉向劉主委！劉主委兩手伸直、往我身上撲過來！那一瞬間我眼冒金星，直接往後倒下！後腦勺撞到了硬硬的地板，將我撞得眼睛一黑……

◆

「小鄭！小鄭！」我聽到了有人叫我的聲音……我倒在地上多久了？

我張開眼睛，那種僵硬和寒冷的感覺退去，身體暖和了許多；我坐起身來，聽到了人來人往的吵雜聲，「快叫救護車！快！」有些人叫著，現場非常混亂。

我站起身，想要釐清狀況；望著旁邊的委員會的人，再望向王師兄，王師兄身邊圍著宮廟的人，似乎有人有在幫他止血。

「小鄭你沒事吧？發生什麼事了？」問我的是陳委員，「你為什麼倒在地上？」陳委員是委員會下任呼聲最高的主任委員參選人之一，比起劉主委更加老實，也是目前最有可能擔任下任主委的人選。

我思考著是否要和陳委員說剛剛看到劉主委的事情時，旁邊不遠處的林師兄的狀況讓我更加在意。

「完了完了……下一個是不是輪到我了……」

林師兄滿臉發白，突然大叫：「不要！我不想死！」

林師兄這樣一叫，讓許多人看向他；這個視線讓他嚇得後退一步，放聲尖叫就往外狂奔！

直覺告訴我，不能讓他跑掉！我繞開陳委員，右手抓住林師兄的右手臂，「林師兄！冷靜一點！發生什麼……」我還沒問完，林師兄轉過身甩開我的手，將我推倒在地。

「我不想死！我不想死啊！」林師兄邊狂叫，邊往山上的路跑去。

這時候已經晚上，山上還有一片竹林，有些甚至沒有道路，林師兄這狀況上山，恐怕凶多吉少！

「陳委員！我們先去追林師兄！他那樣會出大事！」我叫著陳委員，陳委員才像回過神，趕緊叫了幾個人一起追過去。

林師兄一定知道些什麼，不能放過這個線索！我內心忐忑不安，看來是要出大事了。

◆

救護車應該是快到了，我有聽到聲音；而許多人跟著陳委員，拿了幾支手電筒，我們準備要爬上山去追回林師兄。

剛剛那一撞，我仍然感到後腦勺隱隱作痛，而且在夜晚邊跑山路，真的讓我體力吃不消；也因為如此，我也慢慢回憶起磕頭的王師兄，以及逃跑林師兄的事。

王師兄是資深的修道人，雖然沒有出家，但是修行時間已經有了二十多年；儀軌法會常常由王師兄主持，特別是觀落陰觀元辰的法會，王師兄更是被稱為靈驗得不得了。會天語的他，甚至在得道日或是X

主公誕辰日等，更是可以感受到X主公的旨意。

這樣德高望重的王師兄，怎麼會磕頭磕到頭破血流？

逃跑的林師兄則是近幾年劉主委找來的修行師兄，除了幫忙王師兄法會和宮廟事務，這幾年基本的誦經、光明燈等宮廟基本事務，都做得非常好。

對，還有管帳！我腦海中一閃！但是強烈頭痛讓我停止思考；我回過神，似乎到了半山腰，有竹林的地方。

「哇啊——我不想死——」遠處又聽到了林師兄的咆哮聲。

「小鄭！是那邊？」陳主委邊喘著氣，邊拿手電筒照，這邊根本沒路燈，非常暗；跟著來的幾個人分散開來，試著想找到林師兄。

我和陳主委兩人往竹林走去，途中似乎聽到了林師兄淒厲的哭叫聲。然而竹林內卻讓我覺得聲音是從四處傳來；風吹到竹子沙沙的聲音，更是讓我感到恐懼。

我身上戴著曾經某個收我為契孫神明的護身符，就算這樣也讓我覺得害怕……這其中一定有什麼原因，祈求神明一定要保佑我！

「應該是這邊吧？」陳主委畢竟比較熟悉附近環境，領著我繼續往竹林內走去；我這時才發現，越往內走，越沒有聲音；夏天的竹林應該是會有蟲鳴鳥叫，不然蛙叫風聲應該都有吧？怎麼會突然那麼安靜？

那種耳鳴的感覺似乎又出現了！

只有我和陳主委走在路上的滋滋聲，還有偶爾林師兄淒厲的哭聲。我的手電筒閃了一下，熄掉了。我開關弄了幾下，「沒電了嗎？」又用手拍了兩下，手電筒恢復了亮燈，我內心卻揪了一下！「哇啊！」忍不住叫了出聲。

眼前頭髮凌亂、雙眼紅腫的人，不就是發狂的林師兄嗎！

「林師兄！林師兄沒事吧？」陳主委試圖安撫著：「林師兄，我們也認識好多年了，你冷靜一點，有什麼事情慢慢說。」

陳主委伸手過去，突然林師兄右手一揮！

「哇啊啊——」陳主委手縮了回去，瞬間鮮血噴出！

我這時才發現，林師兄手上拿著一把菜刀！剛剛揮那一下，把陳主委的右手砍傷了！

「不要過來！嗚哇啊啊——」林師兄邊喊邊哭，「我不想死！我本來就不想淌這渾水的，根本不關我的事啊……」

「冷靜點！林師兄有話慢慢說！」我也試著對林師兄喊話，但是我沒膽量靠近，只能邊警戒邊試著安撫，「什麼事情無辜，你可以慢慢說，我在聽。」

「是劉主委和王師兄！錢不是我拿的！我只是幫忙作帳而已！」林師兄邊哭邊吶喊，「帳本都有寫清楚，我願意認罪！我不想死！嗚哇啊啊——」林師兄哭著跪下，菜刀也落在腳邊。

其他人陸陸續續趕來，從林師兄的吶喊中，大概知道了劉主委和王師兄因為某些緣故，把宮廟的財產和幾百萬資金給挪用走了。

陳主委雖然手受傷，但是大概也瞭解了林師兄的狀況，似乎沒有再特別說什麼，一行人準備慢慢走下山去。

「我會被關嗎？」林師兄邊哭邊問著。

「放心，如果你肯自首，好好交代來龍去脈，緩刑或易科罰金應該是沒問題的。」陳主委邊回答，「你好好承認說清楚，被你弄受傷的事情我就不追究。」

「謝謝，謝謝……」林師兄邊發抖，邊回覆著。

走回了步道，沿著樓梯再往下走就會回到宮廟了。看到宮廟出現，我回過頭看向林師兄。

林師兄邊走邊道歉，臉上的情緒緩和了許多：「真的很抱歉、真的很抱歉……我會說清楚……欸？」林師兄在經過一個小斷崖時，突然身體搖晃了一下，就直接從斷崖墜落下去。

「欸欸欸！」旁邊的人也似乎一時反應不過來、幾秒鐘時間就聽到『碰』一聲！我們趕緊望下斷崖。

林師兄是頭先著地、四肢呈現奇怪的扭曲。我們趕緊衝下去，斷崖只有大概五層樓高，或許還有救！

然而跑下去的我們，大家都沉默不語。

沒救了……我們一眼就看得出來，腦袋從中間爆開，腦漿都噴出來了……路燈下白色的腦漿在暗黑色鮮血中格外鮮明……

其實落下的那一瞬間我有看到，是一道黑影突然出現在林師兄背後，從後面抱著林師兄掉落斷崖……那黑影有雙紅色的眼睛，然而落下後卻只有林師兄的屍體。

◆

我們在警局將這些事情都說了，王警官調閱監視器，剛好有拍到林師兄看起來就是自己掉落山崖，洗清了我們的罪嫌。

過了幾天，我被叫去王警官的局裡。

「王警官，是又怎麼了嗎？」我見到王警官問著。

王警官點了一根菸，又一陣國罵，望向我：「小鄭，那個王師兄昨天在醫院突然自殺了，用醫院的繩子上吊了。」又是一堆罵人的髒話，「說清楚阿！到底是怎樣！」

「我怎麼知道……」我無奈地聳聳肩，「我還想等王師兄的證詞啊，怎麼就……」

「走走走！去問那個宮廟的陳主委！」王警官催促著，「都是一堆莫名其妙的人！」又一句國罵，大聲又響亮。

◆

從陳主委開始對帳後，才發現了背後的事情非常不單純；早在之前宮廟的善款就被劉主委挪用一空，為了補上缺口，劉主委就找上王師兄，辦各種名目的法會來獲取善款現金；然而王師兄這幾年也迷上賭博，不但知道劉主委的一切勾當，還一起狼狽為奸；然而遇上賭博，什麼天語天眼觀落陰，通通派不上用場，最後還拿宮廟的土地權狀去借二胎，一有現金進帳就勾結高利貸放款。

高利貸的金主，就是神威顯赫的X主公宮廟！多麼諷刺的事情。之後林師兄發現這麼大的缺口，卻被王師兄說服，只要林師兄不揭發，那麼未來的法師第二把交椅就是林師兄了。

林師兄幫忙掩護作帳，那些高利貸的髒錢，林師兄也沒少拿。

原來委員會中也有幾個人牽扯在一起，看到三人死於非命，許多人跪著求X主公原諒，也都對陳委員坦白，願意出錢出力。

「買命錢是嗎？」我思考著要怎麼提筆寫下這個醜聞，卻被陳委員一再拜託，不要讓整件事情見報，不然宮廟就完蛋了！

宮廟要給我一筆不小數目的封口費，在當時應該可以買房子了吧。

但，我沒收。

◆

時隔三十多年了，宮廟還在，還更具規模了。

當時的事件我也記憶猶新；值得一提的，是事件結束後沒多久，我做了一個很真實的夢。

夢中劉主委像是被整個人抓起來浮在半空中，再重重摔倒在地上！抓起來的黑黑大手，就像是X主公大顯神威巨大的手，用力且無情的抓著劉主委！

重重的朝地上摔了五六次後，劉主委的半邊臉已經模糊；最後大手用力一捏！劉主委的眼球才爆開來！整個人無情的被丟到水溝內！

夢醒了，三十年來我都還記著這個鮮明的夢；下意識的想拿起菸，卻想起來我戒菸也快十年了吧。

我轉向窗戶，窗戶外剛好四目相對。是當天從背後抓住林師兄的

那黑影的鮮紅眼睛，正直直盯著我。

是嗎？我真的可以說出整件事情嗎？還是這篇本來就不能公布呢？哼，反正我沒收下那筆錢。至於出版後會如何？也只有天知道了。

午夜索命電話

——本故事由不具名上班族所提供

手機一陣鈴響，我迷迷糊糊的接起電話。

「喂？你很囂張喔！」電話中傳來一陣低沉男子的叫罵。「你信不信我找人砍死你！」

「蛤？你在說什麼？」我看了看時鐘的時間，指著深夜兩點，我戴起眼鏡看了看來電顯示，「不明來電？」什麼啊！這已經不是沒禮貌而已，這根本是惡意的啊！

我火氣一上來，很不客氣的吼著：「先生！我不知道你是誰！這時間打來惡作劇很過分喔！」

電話中的男子停了幾秒鐘，突然大吼：「就叫你別囂張！等等找人砍死你！一人十刀，幹你的殺千刀！」一堆髒話，然後掛掉了電話！什麼啊，打錯電話還那麼大聲，神經病！我內心火氣超大。

我翻個身將手機關機，明天還要上班。

越想越火大，這神經病打來罵屁！重點是我還不認識這男的……

迷迷糊糊之中我睡著了。

◆

下班了，累得要死，兩點一線的宅男該回去好好休息了。

我走在夜晚的馬路上，前面路燈下有個人影，手上拿著一把像是西瓜刀的影子。

突然，那個人拿著刀對著我大吼：「就是你啦！叫你別囂張還嗆聲！厚哩夕啦！」

吼完朝我衝來！

我嚇到跌坐在地，一陣亂砍我雙手無力擋住，接著我看到我倒在血泊中死去……

「找不到人砍你，我自己來砍啦！幹！」邊嗆邊吐了口痰，痰還剛好卡在我爆出的右眼上……

◆

我瞬間驚醒！這什麼爛夢？

我夢醒後超累。坐起身想著這亂七八糟的什麼夢……我看向手機，昨天也沒什麼不明來電啊？就是一個爛透的夢吧？是說，夢裡那傢伙自己嗆找人來砍我，結果找不到人，自己跑來砍，這兇手也太邊緣了吧？

總之，整個夢讓我很不舒服，我坐起身嘆了口氣，今天還要開會咧。

整天下來，非常不順；早餐要買第二件六折的豆漿剛好只剩一罐、捷運剛好在我面前差一秒鐘關門，沒趕上還被站務人員當眾罵，罵到下一班來我上車了還在罵；中午買的便當微波後竟然是冰心的；開會被點名然後被洗臉、銀行提款卡從中間裂成兩張……

真的不順，今天回家趕緊休息吧。

特別看了看路燈下有沒有藏著拿西瓜刀的人，發現什麼都沒有。

◆

深夜，我睡得好好的。

又是一陣電話響！這次手機自己接通，還擴音！

「就叫你別囂張！你現在是怎樣！」又是那個低沉的男子聲音，「我現在告訴你，蓋布袋一群人打給你死信不信！一人十拳，十個人一百拳啦！」

我戴起眼鏡，看著這個深夜兩點的不明來電，我滿肚子火！

等等！不然不要嗆，也許就不會做惡夢了？我默默的不說話，把手機關機，翻個身繼續睡。

◆

是夢……能感覺到我還在夢裡。

在捷運上，我好像被蓋著布袋，嘴巴好像被塞著抹布；雙手被反綁著，雙腳也無法動彈。

咆嘯聲音突然在耳邊出現：「敢掛恁爸的電話！打給你死啦！」感覺起來有一個人對我拳打腳踢！邊打那男的還發出「安怎！怕了沒！」之類的叫聲！

我感覺被足足打了三分鐘，最後聽到那男的喘著氣說著：「找不到人，恁爸一個人也可以、可以蓋你布袋打給你死啦！幹！」罵完又補了我一腳！

這一腳雖沒把我踢死，但是我好像掉下捷運了，而一台捷運開過來，將我輾成好幾塊，我看到我自己的屍體爛成肉泥……

◆

又被驚醒。

鬧鐘的聲音響起，我坐起身。

這是怎樣？連續兩天都夢到這莫名其妙的邊緣人？不是說要一群人蓋我布袋，怎麼一個人在那邊打？

連續兩天都夢到被這男的砍死、弄死，真的超不爽的啦！但是又能怎樣，惡夢就是惡夢，又不能因為做惡夢向公司請假。

接下來一整天仍然超不順：口袋破了洞五十元硬幣滾走了，上班快遲到要出捷運站，卻怎麼樣都『刷卡失敗請再試一次』後面排隊的人眼神都快殺死我，找服務處詢問原來是刷卡進站時刷卡失敗；泡好的咖啡蒼蠅飛進去，還在熱騰騰的咖啡中游了一下後才暴斃；叫了雞腿飯發現炸雞腿沒熟，皮上還有雞毛。

大家一起叫的飲料，我的珍珠奶茶內的珍珠好像壞掉了，吃起來酸酸黏黏的。

「比蘋果醋還酸！根本壞掉了！」我氣得將珍珠奶茶整杯丟下去。飲料整杯炸開後，恢復冷靜的我只能默默擦乾淨。

只有我這杯壞掉，我確定！同事對於我的激烈反應，似乎逗得他們笑開懷。

謝謝你們笑我，謝謝！

超不順，我要回家睡大覺。

捷運上別說蓋布袋，連站的位置都快沒有了。

◆

深夜，手機又響了！這次我像是全罩式耳機直接戴我頭上，連拒絕都沒辦法拒絕，接通後又是那低沉的男性聲音。

「就叫你別囂張……啊，你也沒囂張，但是恁爸還是要嗆你！」男子罵完國罵，大聲吼著：「一桶汽油一支番仔火！燒給你死！」

「真的很抱歉，是我錯了，對不起。」我無奈的對著電話說著，「我不敢囂張了，大哥，請原諒我好不好？」

「幹，會怕喔！會怕就好！」男子嗆完後就掛掉電話。

道歉他又先掛電話，我翻個身又睡去。

今晚應該可以好好睡個覺。

看來是我錯了。

我知道我還是在夢裡。

我被綁著泡在滿是汽油的汽油桶內，男子手上拿著火柴盒瞪著我；至始至終，我都沒看過這男子的臉，總是模模糊糊的，看不太清楚。

「道歉有用的話！這世界就不會沒天理了啦！」男子一陣國罵，罵完後說著，「剛剛說過，一桶汽油，一支番仔火！」

「大哥，饒了我吧……讓我好好睡個覺吧！」我知道這是夢，我真的很無奈，「不然你要什麼，跟我說啦，看怎麼樣好商量。」

「真的好商量？」男子雖然臉上霧霧的看不清楚，但是從當下的反應能感覺到他有興趣聽我和他商量。

我歎口氣說著：「真的啦……我根本不知道哪裡得罪你，我也不是故意的，我願意道歉。」我誠懇說著，「不然看是什麼紙房子還是紙錢、金童玉女，我通通燒給你……」

「燒給我？」男子的臉上異常猙獰。「給恁爸嗆聲啊！不行！現在就燒給你死！」男子將火柴盒打開，瞬間臉就變了！

看著沒有動作的男子，我嘆了一口氣：「唉，該不會是火柴盒是空的吧？別鬧了，我就說你要什麼我燒給你……」

男子的表情變得憤怒異常，整張臉異常扭曲大吼著：「別囂張！恁爸沒火柴也可以燒死你！」男子瘋狂的拿起旁邊的汽油，粗暴的倒在我頭上！

「欸欸欸！我到底得罪你什麼啦！事不過三，你第三次在我夢中要弄死我了啊！」我心底一把火又升上來，「到底想怎樣啦！燒給你也不對，不然你都帶下去啦！」

男子拿出打火機大吼著：「就是要給你死啦！」然後按下打火

機……

『碰！』一陣大爆炸！我在空中看到成為黑炭的我和他……

他被炸成黑色碎片的斷手，仍對著我比著中指，從半空中飛過……

◆

醒過來後又全身冒冷汗。

我一夜沒睡，仍然找不到深夜的不明來電。到了早上出門，我的心情真的差透了。

雖然那天依舊運氣非常不好：被路過的吉娃娃咬破褲管、鋁箔包飲料掉地上被路人踩爆、社群軟體被奇怪的外國人視訊騷擾，口罩斷一邊線……

不過，接下來一星期，那個奇怪的男人就再也沒有出現在夢裡，而我，也終於能睡個好覺了。

能好好睡一覺的感覺真好。

「你確定嗎？」

耳邊傳來的聲音，這次是不同的男人聲音。

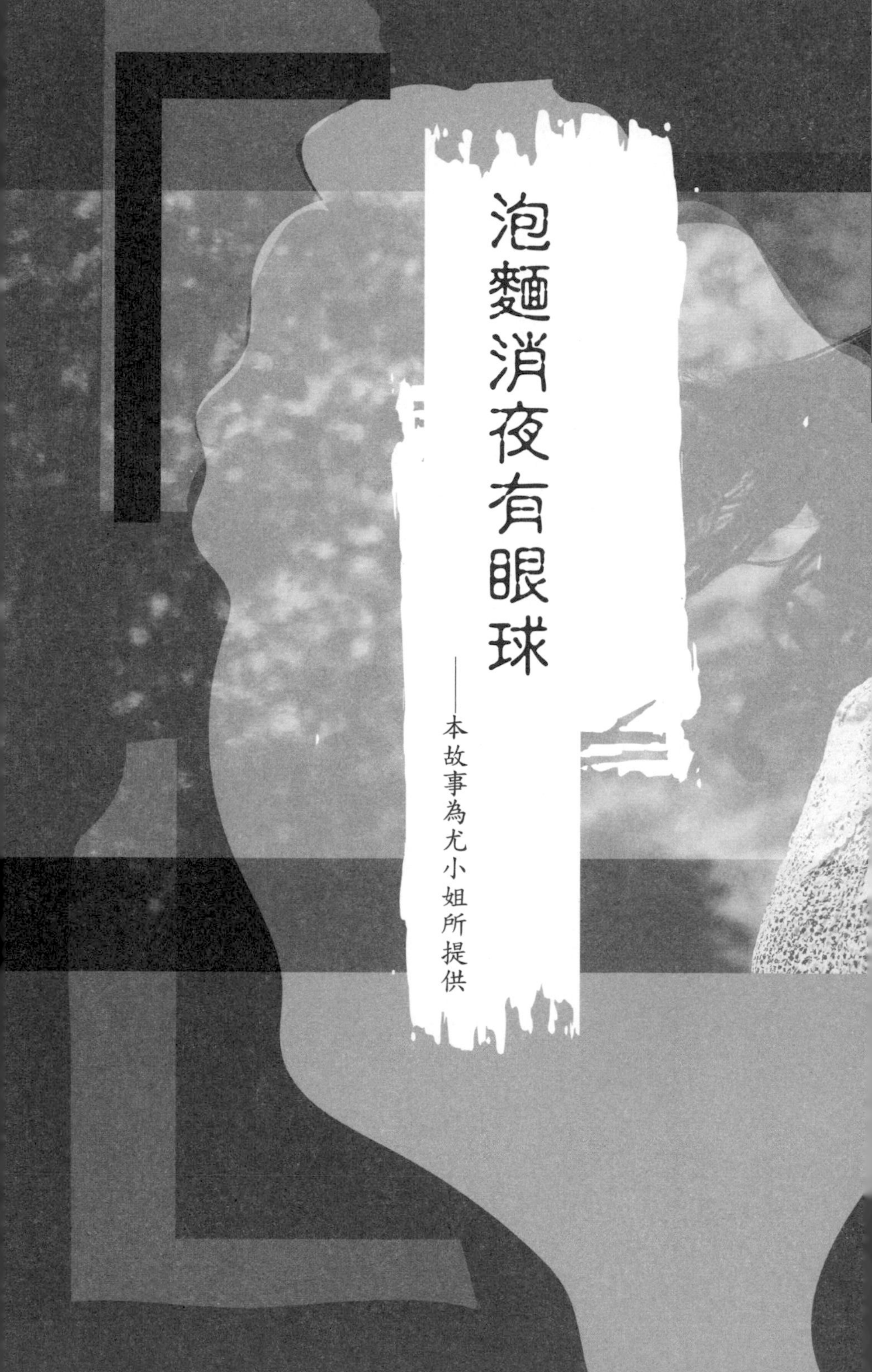
泡麵消夜有眼球
——本故事為尤小姐所提供

泡麵，泡三分鐘，香噴噴的，咻嚕咻嚕，大口喝湯，讚啦！

「真的有那麼讚嗎？」朋友問著我。

我大力點點頭：「當然！泡麵只有一碗，調味料卻有兩包！深夜兩點，懶得去便利商店。附近又沒有二十四小時拉麵店，這時就是要吃泡麵！」

「拉麵店真的有二十四小時嗎？」朋友一臉疑惑的樣子。

「有啊！」接著我滔滔不絕，對著朋友說了很多以前在日本深夜跑去吃拉麵、還有深夜吃牛丼的回憶。

總之，我泡的泡麵，讚！

◆

深夜的我，望著打開泡麵碗上的蓋子，盯著泡麵中望著我的大眼球。

咦？是我那裡做錯嗎？我歪著頭開始想著自己的步驟哪裡不對。

首先，拿起一碗泡麵，先撕開上面的包裝膜，然後醬料和調味包倒進泡麵裡，用九十度熱水沖泡後蓋上，等待三分鐘後打開來開始準備享用。

看到的是一顆大大的眼球浮在泡麵上看著我。

「呵呵呵，一定是我的眼睛業障重。」我蓋起泡麵，試圖讓我的內心冷靜下來。

是因為工廠的工人掉到泡麵工廠機器內，所以屍體眼球跑出來嗎？

不對，那應該泡熱水的時候就會出現；新的配料造型嗎？吸了熱水後膨脹？

不對，那是不可能有這種造型的，會被告死。

莫非……欸嘿嘿，見鬼了！

那麼，鬼眼球在我泡麵裡面要幹嘛？

那能幹嘛！當然不是衝浪，是偷吃我的泡麵啊！

一想到我的泡麵要被偷吃掉了，我管你是鬼怪還是外星人！誰都不可以偷吃我的泡麵！誰、都、不、可、以！

我掀起泡麵蓋子，果然那個大眼球還在！

大眼球像是還在吸著湯汁，發出『滋嚕嚕』的聲音。

「泡麵小偷！」我氣得拿起筷子插向大眼球。

插進去的瞬間、我聽到大眼球發出『噗哧』的一聲！彷彿還閉上了眼睛後消失了！

而我的泡麵，也因為用力過猛，整碗打翻了……清理的時候發現好像有一半已經被偷吃掉了。

我的泡麵……我要挨餓到早上了。

比起遇到靈異事件的恐懼，我更恐懼到早上的幾小時內要繼續餓肚子。

我知道這篇靈異故事並不恐怖，但是，還是要告訴各位讀者，以後你們如果遇到這個偷吃泡麵的大眼球，別客氣，往那顆眼球插下去就對了，千萬別猶豫！

可惡的泡麵小偷！

誰在你後面！

鬼故事

香噴噴的控肉飯
——本故事由房仲小董所提供

小董是個房仲，接下來一個新的物件；是一個在中南部一到四層樓的透天厝，一樓有自己的車庫可以停車。

這種物件並不稀奇；屋主是個退休的七十幾歲公務員，全家早就都成家立業，這個中古透天厝就乾脆便宜賣掉，大家在北部生活也有個照應。

「飄向北方，別問我家鄉……」小董哼著歌，這是他這幾年喜歡的歌曲之一，有時哼個兩句，順便調適一下心情。

小董來到這物件門口，用鎖匙打開一樓大門，今天來稍微巡一下，大中午的看一下休息喘口氣，等等這邊稍微巡完去吃個有名的控肉飯吧！

一打開門，撲鼻而來的香氣，讓小董愣了一下。這香氣不就是滷得恰到好處的肉香嗎？一眼望去，桌上有一鍋大鍋的滷肉！旁邊還有一桌飯菜。

咦？不是說全家都在北部，這幾個月來尋視看房子也沒人啊？怎麼今天有人在裡面？

眼前出現一位很普通的家庭主婦，大聲問著：「你是誰！來這邊什麼事情嗎！」

「對不起，我搞錯了！」小董以為走錯房子，道歉後關上門離開；走到門外看了看門牌。沒錯，這物件就是這裡啊！小董根本沒走錯！那裡面的人是誰，寄生上流的鄰居嗎？還是偷偷潛進去的小偷？如果是小偷，那還得了！

小董趕緊再次衝進去，門用力打開。

裡面還是一如往常，哪有什麼飯菜和家庭主婦？安安靜靜沒人住裡面。

留下小董一臉納悶，以及飄散在空氣中那鍋控肉的香味，香噴噴的讓小董感覺如果配飯應該會很好吃……

誰在你後面！

鬼故事

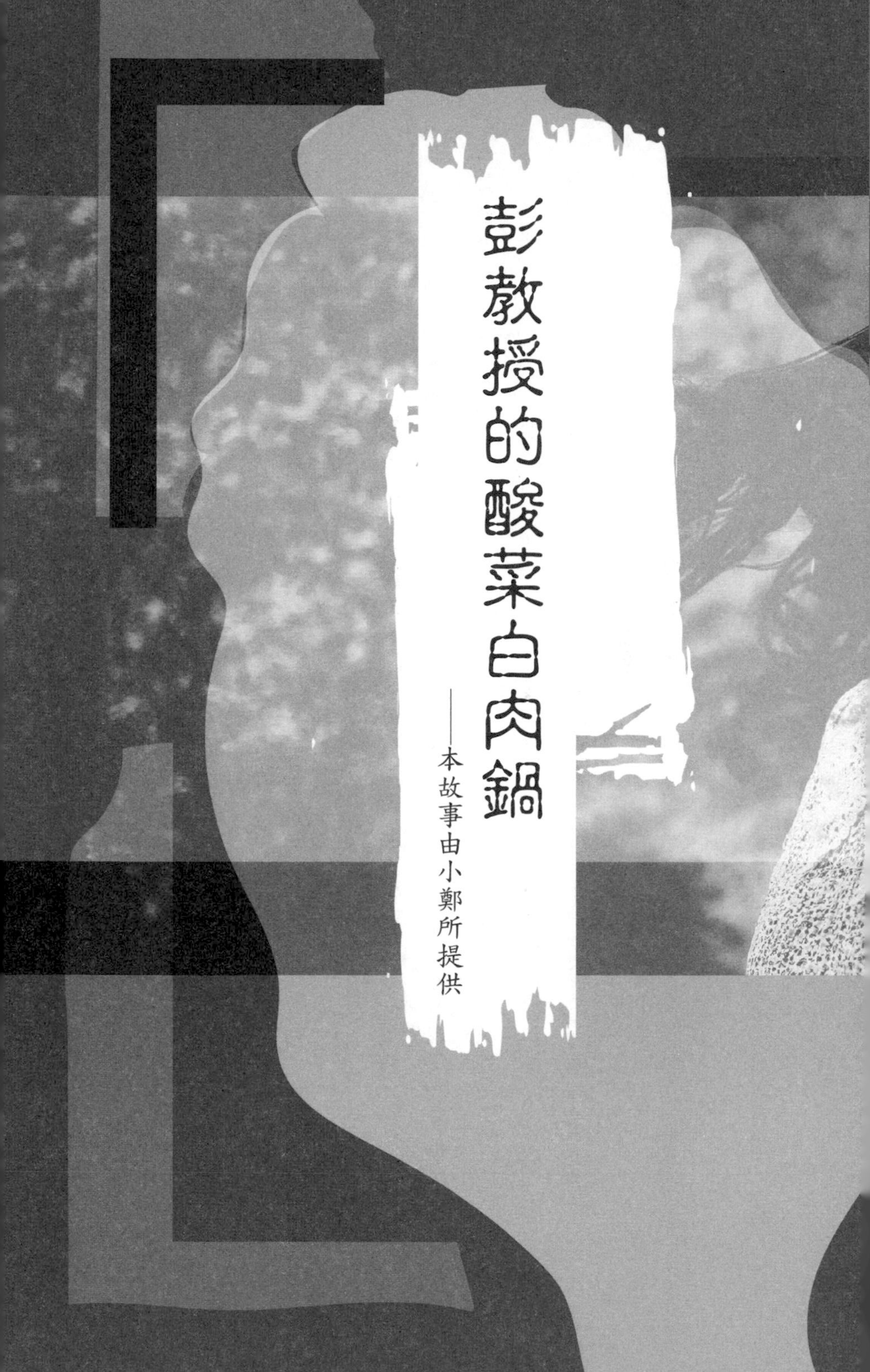
彭教授的酸菜白肉鍋
——本故事由小鄭所提供

我是地方小報的小記者小鄭，曾經在新竹某省道的宮廟採訪過，如今也已經不是五十元鈔票的年代；為了防疫，大熱天戴著口罩真的很不習慣；但是為了不被罰錢，再不習慣還是要習慣。

今天是為了幾個奇怪的案件，來請教住在台北某國宅的彭教授。

彭教授在我讀大學時為人海派親切，對於許多社會案件都有自己獨到的見解，在我採訪的許多事件中，彭教授也都很客氣的解說給我聽。

兩年前電話中約定好我回到北部時，務必打給他和他敘敘舊，因為退休的他剛好喜歡聽我講奇怪的社會案件，而我也因為許多事情能有個額外的解答而樂意拜訪。

約好了今天我過去拜訪；按了門鈴，彭教授從裡面說著：「小鄭，門沒鎖，你自己進來吧。」我也就推門進去。

「小鄭來來來，酸菜白肉鍋！配上二鍋頭，來陪我這老頭吃個夠！」彭教授爽朗的要我坐下，「今天喝個夠！這一箱二鍋頭就是留著今天要和你喝！」

斯文的眼鏡和滿頭白髮，彭教授到了這個年紀仍然精神旺盛；對我這晚輩也是照顧有加，我的內心升起暖意。

「教授，我可以喝一點，不能喝太多。」我苦笑著拿著酒杯，二鍋頭烈啊。

「欸，少婆婆媽媽了，我那老婆子又不能陪我喝，你就別囉嗦，陪我先喝幾杯。」彭教授爽朗的乾杯後，咕嚕喝下肚。

彭教授的酸菜白肉鍋真是一絕，酸菜絕對不馬虎，要用古法製作的特製老店家，香又酸甜，絕不是科學泡出來的那種速成酸味。白肉是白豬肉，肥而不膩，肥肉和瘦肉的比例恰到好處，用火鍋涮一下，剛熟起鍋，口感極佳，吃得出來酸菜白肉的甜！

彭教授又倒下一盤香菇，對我說著：「小鄭我跟你說，我的酸菜

白肉鍋，不加丸子，完全食物原型，健康好吃。」邊說，邊又幫我倒滿了二鍋頭。

過癮，真的過癮！

◆

喝了幾罐後，我提到了三個奇怪的事件。

「不具名的上班族晚上接連夢到接到騷擾電話，夢中夢有人一直殺他」、「有個網上留言的女子說泡麵泡好裡面有大眼球偷吃泡麵」、「房仲小董忘不了那鍋控肉」。

「哎呀，吃什麼控肉。」彭教授搖搖手，「那是那個人沒嚐過我的拿手絕活酸菜白肉鍋！」彭教授說完，又拿出一盤白肉，「小鄭，吃！今天我們一定要一醉方休。」

「教授……」我為難的表情，只好再喝下一杯。

彭教授調整了一下眼鏡，笑笑說著：「不要急，我先說說我的看法。」彭教授邊說，邊喝了一口二鍋頭，就像是喝咖啡一樣，但是那當然不是咖啡，是烈酒啊！

「小鄭啊，手機不是有電磁波嗎？」彭教授看著我。

我點點頭：「是啊，手機有電磁波。」但是又和我剛剛說的有什麼關係？這不是基礎知識嗎？

「聲音之所以能夠透過手機傳播，是因為將人的聲音化作電磁波粒子，而在對方聽到時，機器會用相近的音波去模擬，所以每個人的電話聲音或是直播等聲音，都是電腦合成的，並非本人的聲音。」

「是，所以？」我催促著彭教授繼續說下去。

「所以，因為某些緣故，那位深夜打來的電話，肯定是有什麼原因利用某個訊號透過對方手機，造成腦波干擾，而產生了深夜電話和噩夢的產生。」彭教授笑了笑，「再大膽假設，或許一連串的電波影響腦波，甚至是噩夢，都是某個高科技的攻擊。」

彭教授喝下了杯中的二鍋頭，「當然，推給靈異事件也是可以啦！靈界的電話不也是很好的解釋嗎？」

我不可置信的問著：「可能嗎？高科技心靈武器和靈界通訊二擇一嗎？」

「可能啊！都二十一世紀那麼多年了，鋼鐵人的噴射背包都發明出來了，小鄭你不能還那麼守舊。」彭教授吃了一口酸菜白肉，「你知道嗎？還是用花生醬最好吃！」

我知道，先大蒜和白蘿蔔，襯托出酸菜白肉的香味，接著可以換成沙茶醬，若還希望再換口味，花生醬搭配了酸菜白肉或是菇類，也頗有一番滋味。

「那泡麵裡面有眼球這件事呢？」我問著彭教授。

「眼球嗎？」彭教授大聲笑了出來。

看彭教授笑了，我反而更好奇了：「教授您就不要賣關子了，說說您的想法吧？」

「大眼球，實際上也有脈絡可循。」教授在白紙上寫下三個字『目玉燒』，替給我後問著：「小鄭啊，你知道這三個字嗎？」我看著這兩個字，搖搖頭表示不清楚。

「三個字都認識，合在一起就看不懂了。」

「這是日語的漢字，意思就是……」彭教授看著我笑了笑，大聲說著，「荷包蛋！」

「荷包蛋？荷包蛋……啊啊！」我一時不明白，後來恍然大悟！根本是那個女的自己妄想，將荷包蛋看成了大眼球！我知道有人泡泡麵時會用滾燙的熱水順便加入生雞蛋，等待的時間就會有一個半熟的水煮蛋可以吃了，那形狀說是大眼球也不為過。

「就算是妄想或是頭腦不清楚好了，那控肉飯那個案子又如何呢？」

「那個啊。」彭教授又喝了一杯二鍋頭，笑笑說著：「小鄭你真的覺得是靈異事件嗎？」

我聳聳肩說著：「除非又是高科技武器腦波攻擊，或是又是精神妄想，不然我想不太到合理的解釋。」

「這宇宙有蟲洞。」彭教授將白紙撕成一張長條狀，「有時候時空出現不合常理的通道，也不稀奇。」邊說邊將長條紙的兩端扭在一起對折，形成一個數字『8』，「你以為是走在再平常不過的道路上，又或者只是打開一扇你已經開關不知幾千幾萬次的門，但是在頻率對的時候，還是可以接收到剛好與你電磁波吻合的波長，自然要知道，人只是活在三次元空間，加上時間是四次元，那麼五次元六次元以上的空間呢？……」彭教授滔滔不絕說著。

到頭來，都是科學，沒有所謂的靈異事件嗎？

信仰、愛、思念……都能超越時間空間嗎？

二鍋頭讓我慢慢地闔上眼睛，最後看著彭教授對我笑了笑。

◆

「小鄭，你不是小鄭嗎？起來了。」有人叫著我搖搖我。

我睜開眼睛，是彭教授的太太，我都叫她師母。

「師母，不好意思，我和彭教授喝了好幾杯二鍋頭，不知不覺睡著了。」我趕緊起身，才發現自己竟然躺在彭教授的門外。

「先進來喝杯水吧！」師母招呼著我進去門內，我迷迷糊糊的坐在客廳，師母給了我一杯水，「小鄭好久不見了，有兩年了吧？」

「是的，真不好意思，我喝了好幾杯竟然喝醉了。」我喝了水，「對了，彭教授也喝了好幾杯，教授沒事吧？」

師母微笑著點點頭，指著飯廳那邊：「你自己去問他吧。」

我起身走到飯廳去：「教授啊！您沒事吧……」我掀開飯廳和客廳的門簾。

話還沒說完，我愣住了。

飯廳內有一個小小的神桌，上面放著彭教授的大頭照，還有牌位。

師母進來跟我說：「兩年前，他知道你要來，非常高興的準備了一箱二鍋頭，說怎麼樣也要和你喝下幾杯，同時也說著酸菜白肉鍋你每次都可以吃好幾碗。」師母邊說，邊笑著，「也不想想自己幾歲的人了，還像個孩子一樣，天天看著通訊軟體，等著你說要來的那天。」師母邊笑，慢慢笑容也消失了，「過沒多久，早上去散步，遇到酒駕，就再也沒回來了……」

我看著彭教授的照片說著：「教授抱歉……今天真的很謝謝你的招待，二鍋頭和酸菜白肉真的很棒。」我告訴我自己不能哭，但是眼淚還是不爭氣的流下來。

酸菜白肉的味道和我身上二鍋頭的酒精，深深的在我的內心中留下了感動的印記，至於是不是靈異事件，我也不在乎了。

◆

告別了師母後，我回到了報社繼續著忙碌的生活。

幾個星期後，我突然想要知道，那個撞死彭教授的酒駕混蛋到底賠給師母多少錢？還有，有沒有被關？沒有好好的善後我絕對不會放過他！

我找了兩年前左右的報紙消息，找到了那一瞬間，我知道再去糾結多少錢也沒有太大意義。

『早晨酒駕釀死！退休教授夫妻當場身亡！』我闔上報紙，抽了一根菸。

酸菜白肉與二鍋頭，真想再嚐嚐那個美味。

有機會的。

誰在你後面！

鬼故事

就差一點而已

——本故事由時雨燕所提供

那是在工作了幾年，某次與同窗有人聚餐後發生的事情。

聚會上，不曉得是誰先開啟了夜遊的話題。大家也紛紛回憶起，學生時代那段瘋狂的歲月。在座的幾個友人，當年都是喜歡夜遊、夜衝的夥伴。每個人都開啟了話匣子似的滔滔不絕。

那時我正好因為工作上的需求買了車。我就提議，在場剛好五個人，不如就大家一起開車去夜遊。

三名友人馬上贊成，只有一人持反對意見；但他並非不去，而是希望大家改日再去。

不過就在大夥推拖拉扯了一陣後，他也妥協了，只是他堅持要坐副駕駛座，其他人倒也覺得無所謂。

就這樣我們一行五人開著車往山裡而去，這條路也是我們同窗時代常走的夜遊路線，只是由當年的機車換成了汽車。

或許是換了交通工具的原故，本來熟悉的道路，如今感覺起來卻有些陌生。

開著開著，路上開始泛起白霧。車上原本熱鬧的氣氛，也逐漸轉為安靜，再到寂寥，除了我與副駕駛上的友人外，後座的三人不知何時睡著了。我也只能跟隔壁的有一句沒一句的閒聊著。

漸漸車外的能見度降到一米左右，即使開了遠燈，也無法穿透濃霧，我感覺有點將要迷路的預感。

就在我有些不知該往哪個方向開的時候，後座的友人突然開口說：「你就直直往前開就好，不是看得到地上的白線嗎？

似乎也是，地上的白線看起來是筆直地向前延伸。

「停車！別聽他的！」副駕駛座上的友人突然吼道。

「什麼？」我有點被他嚇到，但我卻沒有立刻停車。

「停車！快點！」友人再次說道！

此刻後座的友人，一隻手伸到前坐來，指向前方。「往前開就好了，你看前面不就是一條直路嘛。」

我看向車前方，霧稍微散開了一些，隱約可以看到前方確實是條直路。

「停車！馬上！」就當我要踩下油門加速時，副駕駛座上的友人猛然伸手過來，把我的方向盤轉向一旁，車身磨向了山壁。

我真的被嚇到了，用力踩了煞車。

喀！車頭好像撞上了什麼，停了下來。

「你瘋了嘛！這樣會害死……」身體緩過來，我正想破口大罵的時候，但眼前的景象卻讓我嚇傻了。車外的濃霧已經散去了，車的前方是斷崖，是撞上了護欄車子才停下來的。如果剛剛副駕駛座的友人，沒有把車子轉去磨山壁減速的話，可能已經撞斷護欄了。

後座的人發出怨恨的聲音：「可恨，就差一點而已。」

椅子姑

——本故事由時雨燕所提供

椅子姑，傳說是被家暴而死的女孩，離世時仍坐在椅子上，故稱為椅子姑。

每年到了中秋節，我都會回憶起某個人。嚴格說來，我並不認識那個人，但直至今日為止，他的笑容與聲音仍清晰地保留在腦海中。

第一次見到他是在我七歲的時候，那年中秋節跟著大人返鄉過節，也許過節的原故，那天有許多親戚、鄰居到來，大人們聚集在屋前的空地聊天、喝酒、烤肉；而我們小孩們難得有這麼多同伴一起玩耍，我們在屋裡屋外到處亂跑，偶而會跑去大人那邊吃點東西，或是被父母叫去成為大人們聊天話題。

當時大家能玩的遊戲，不外乎捉迷藏或是鬼抓人或是躲貓貓，有時會有人拿起樹枝互相打鬧，或是玩起扮家家酒的遊戲。

那時也不知道是誰提議要玩大風吹，只記得在場所有的孩子們都同意要玩，大家各自去找來了椅子板凳，開始了遊戲，見到那個人就是在這場遊戲上。

前面幾輪並沒有什麼異樣，大家一起搶椅子胡鬧著，年紀比較大的孩子還鼓譟著輸的人要有懲罰，要在大家面前來個真心話大冒險、表演才藝之類的懲罰。

大約到了第四輪還是第五輪遊戲的時候，突然發生了又有兩個人搶不到椅子狀況，也就是說在大家都沒注意到的時候多了一個人。還發生了，年紀比較大的孩子抱怨著要玩不自己搬椅子，想把後來加入的人找出來之類的事；不過大家也只是今天才玩在一起，說穿了誰也不認識誰。這個小小的問題，在有人搬來新的椅子後順利解決。

又再玩了幾輪，我突然知道了是誰後來加入的，因為那個人實在太特別了，如果今天晚上見過她，就算沒有一起玩，我也有印象才對。

她的年紀看起來比我當年還要小，可能只有四、五歲，甚至更小；但她的神情卻比那些大孩子還要成熟，眼神清澈無比。衣著也與大家不同，布扣的外套、藏藍色的裙子，款式好像非常的古老。

有輪大風吹她輸了，大家吵鬧著要她表演。她開口唱起奇妙的歌謠，那不是孩子們熟悉的兒歌。到底什麼歌、是什麼語言，我至今都不知道，但我仍覺得十分悅耳，留下了深刻的印象。

那天之後，我曾跟大人詢問過，親戚或是老家的鄰居家是否有這樣的女孩，不過大人們都說不認識，也沒有中秋節那天有這麼一個孩子的印象。

直到很多年後，我已經長大成人後才又再見到她。

那天同樣是中秋節，我約了幾個朋友到我老家烤肉。就在酒酣耳熱之際，我不經意地看向屋內，沒有開燈的餐廳內、椅子上，她就坐在那裏，她的外表完全沒有改變，依舊是當年四、五歲孩童的模樣，成熟的神情與清澈的眼神。

不知道注視了多久，她似乎發現了我，也望向了我。輕輕地點點頭，微笑著向我揮手，身影漸漸地消失在黑暗中。

沒有任何恐懼與害怕，只覺得能再見到她實在太好了。

或許就是這樣的感覺，我跟在場的朋友分享了多年的前的奇遇，以及今天再次見到了她的事情。

朋友們跑進餐廳，試圖找到她。

「沒有人啊。」

「你是不是看錯了，還是你喝醉了？」找了一會兒，朋友們提出了質疑。

大家混亂之際，突然間有個朋友突然說：「祂是椅子姑」

「椅子姑？」

「對，椅子姑。什麼是椅子姑，我現在不想說，之後你們自己查。總之祂多年前只是想要跟你們一起玩，另外祂還說：『謝謝你還記得祂。』」

「你在說什麼？又是你的奇幻的故事嗎？」另一個朋友提出疑問，不只是他，我想所有人都有同樣的疑問。

說出椅子姑的朋友，在朋友間是有名的怪人。說怪人不是說他人不好，只是他偶而會說一些令人摸不著頭緒的神奇故事。

那個朋友沒有任何的反駁，只是唱起了歌，和多年前她所唱的一模一樣的歌。不可思議，我沒有更好的形容詞可來說明眼前的一切。

歌聲完畢，朋友說：「大概就是這樣吧，你應該不會再見到祂了，但希望你不會忘記祂和椅子姑的故事。」

無人的車站

——本故事由時雨燕所提供

「旅行就要結束了，總覺得還沒有玩夠。」朋友邊伸展著身體邊說著。

「有什麼辦法，假期就這麼長而已。而且我們都已經快到家了，捷運再幾站到了。」我如此回道。

我實在不想再背著旅行用的大包包了。

「除非先讓我回家把東西放下，晚點可以再出來吃個晚餐之類的，我不想再背包包了。」

「啊啊，我知道啦。我想先把行李放下再說，重死了。」朋友抱怨著。

「啊，對了，要不我們先各自回家，休息一下。我再約幾個人出來，去看看電影，把握住假日最後的時光。」

「可以啊，正好也有想看的電影。」

「好喔，好喔。現在就來連絡看看誰有空。」朋友立刻拿起手機，一個人一個人問去了。

我也沒有打算再理他，他只要開始打電話就會完全忽視周遭，趁著這段時間，閉目養神一會兒。

也許是旅行的疲累吧，稍微閉目養神，意識便開始有些朦朧了起來。

在恍惚間，聽到了到站廣播。猛然醒來，向朋友說了句：「要下車了，晚點見。」便急忙跑下車。

下車的瞬間，我立刻察覺了異樣。我家所在的捷運站，算是相當熱鬧的站，一整天都是人潮壅擠的狀況，但此時站內卻空無一人。

確認了站牌，沒有錯，沒有下錯站。

而且不只站內沒有任何人影，也沒有其他人跟我一起下車。理應一起下車的朋友，此時也沒有在這裡。

順著平常的習慣，往出站閘門走。真的沒有任何的人，沒有乘客、

沒有警衛，也沒有應該要在站務室裡面的站務員。

不安的情緒油然而生，在準備刷卡出站前的一刻，那股不安感達到了最高點，彷彿只要過了閘門，就再也回不去了。

不安感驅使著，我回到月台，搭上車往下一站而去。車上同樣空無一人，悄然寂靜。

很快地抵達下一站，當我踏出車廂的瞬間，被吵雜與喧鬧嚇著了，月台上熙來攘往的人群，所有場景再熟悉不過。

抬頭查看站牌，居然和剛剛的無人車站相同，也是我平常搭車的車站。

「喂，你剛剛去哪了？」肩膀突然被人推了一把，回頭一看，是我朋友。

「什麼去哪？」我一頭霧水。

「就剛剛啊，你在車上突然說要下車，我才回頭，你人就不見了。」

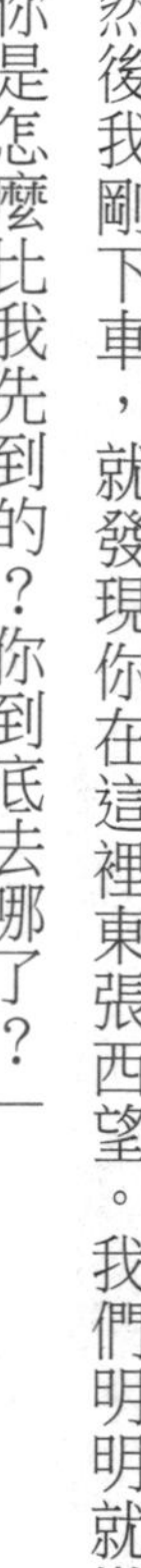

然後我剛下車，就發現你在這裡東張西望。我們明明就搭同一班車，你是怎麼比我先到的？你到底去哪了？」

雖然朋友這麼問，但回想起方才的事情，我比他還想知道，我到底是去了哪裡了……

誰在你後面！

鬼故事

地牛

——本故事由作家青鷹所提供

台灣位處於地震帶，時不時都有地震。老實說，早就已經見怪不怪。我跟鄰居玩伴阿學甚至還會在地震的時候傳通訊軟體訊息，看誰可以在座位前面撐比較久不要亂動，直到媽媽揪著我的耳朵要求我不要胡鬧，我才會心不甘情不願地從位置上站起來，然後乖乖按照避難指示躲好。

至於根據我跟阿學地震時不要亂動紀錄，大致上都是處於阿學多贏三場比賽的勝利狀態，我就不明白，為什麼阿學可以處變不驚，甚至約略知道災情的狀況。

「你是不是偷作弊啦？」這天，我們放學一起走回家的時後，我終於忍不住了，直接開口說出藏在心裡很久的疑問，「為什麼你都知道我們這個縣市可能發生的災情？你又不是記者！」

「……直覺。」

阿學跟我同年紀，我們都是就讀國小四年級，但阿學一直都表現得很成熟，不過有時候一些話語跟答案，都讓我覺得他很欠揍。

比如現在。

「哪有直覺那麼準的啦？你肯定在騙人。」我非常篤定。

「就閉上眼睛感覺啊。」，阿學還是一樣神神祕祕。

聽到這種唬爛似的答案，我忍不住生氣起來，「你要是不說，我就跟你絕交。」

「……你知道地震還有什麼稱呼嗎？」

「板塊碰撞？」社會課的地理部分好像有說過。

「地牛翻身。」阿學這麼說著，然後指著路邊的一座房子，用著輕描淡寫的口吻，像是在討論天氣一樣，「你有看到一群小小黑黑的牛正在拱著那個房子嗎？雖然其他房子還好，但這間明天可能會很嚴重。」

我壓根就沒看到阿學說的小黑牛，而且這裡又沒有農田，他到底是在說啥？所以想也沒想就直接罵他，「不想說就不要說啊！幹嘛講這種騙人的話！」

沒等阿學回話，我就氣呼呼地先跑走了。

然而，卻跟阿學說的一絲不差，隔天清晨真的發生了地震，我在睡夢中不省人事，直到吃早餐看到新聞，學校附近一棟房子倒塌，消防隊跟義工正在善後。

這天，是我第一次體會到什麼叫做目瞪口呆的感覺。

阿學也太神了吧？

紅包

——本故事由作家青鷹所提供

通常過年總是熱鬧非凡，而我的外婆家又是個多子多孫多福氣的至上主義，所以回去吃飯都是得開兩個大圓桌才夠坐。外婆準備的菜色總是非常豐盛，而爸爸每次都會在除夕夜不辭辛勞地驅車北上，我則是跟表兄弟姊妹玩得不亦樂乎。

當然，最開心的，當然就是領紅包的時候，外婆總是會笑瞇瞇地一個一個發紅包，接著就是其他親戚輪番上陣，而且按照我們家族的規矩，還沒出社會前都可以領紅包，至於出社會之後，則是一律要發紅包造福其他兄弟姊妹。

總之，身為國中生的我，也會收到大表哥的紅包，雖然金額不多，但看到紅包袋裡的鈔票，總是特別開心，雖然回家之後就會被爸媽以繳學費跟存錢為由，上繳家中金庫，但至少在過年這段期間，當個大富翁的感覺還不賴。

外婆家的中間有座庭院，我們喜歡在那邊奔跑還有跟小黑追逐，小黑是外婆的愛犬，標準的台灣黑狗，個性溫順又親人，每次回來外婆家，我都特別喜歡跟在小黑屁股後面跑。

今年我們同樣在除夕夜回外婆家，滿桌子的菜餚吃得我肚皮都快撐開了，我藉口要出門散步，隨即從餐桌開溜，反正等等十點才會開始發紅包，我可以趁這個時間去外面透透氣。

而不甘寂寞的小黑自然也跟著我跑出來，因為外婆家在鄉下，所以我沒有特別綁上牽繩，小黑也都乖乖跟在我旁邊。我哼著歌，冬天的風有點涼，但剛剛的火鍋也讓身體熱呼呼的，再加上出門前，媽媽硬要我穿上羽絨外套，所以我現在一點也不冷。

走到附近的小學盪鞦韆，還有爬完竿子之後，很快我就感到無趣，所以就跟小黑掉頭往外婆家的方向折返，就在快到外婆家附近的紅綠燈，卻被一個我不認識的阿姨攔了下來，「威俊，你是威俊吧？」

「呃，我是，妳沒認錯，可是妳是……」

對於對方是誰，我沒有半點頭緒，腦中沒有相關對應的人臉，記憶一片空白，我因此感到困窘起來，即便年年過來外婆家，但我終究不是在這邊土生土長，所以有時候外婆家的親戚滿街跑，或是來訪的時候，我不一定認識對方，只能趕快搬救兵求助。

「我是美芬阿姨啊？你三歲的時候我們碰面過啊，你有印象嗎？我還有抱過你咧。」美芬阿姨燦笑地說著，甚至還想拿手機給我看，不知為何，她的手機樣式看起來特別老舊，「我還有留當時的照片，那時候你眼睛黑溜溜，圓滾滾的好可愛喔。」

呃……三歲的事情我哪會記得啦？

我又再次感到面紅耳赤，不知道該做什麼反應才好，縱使過年來拿紅包很開心，不過親戚間有時候的問題也讓我很難回答，尤其像現在這種一對一的時刻，我只覺得尷尬指數破表，想要快點開溜。

剛剛從餐桌搶先落跑的原因，有一部份也是因為不想被其他長輩逼問我的段考成績或是有沒有交女朋友之類的話題。

我很想回話說些什麼，但半張著嘴什麼也說不出來。我撓撓頭，一臉苦惱的樣子。

「抱歉，為難你了，這麼久沒見，你不記得我也是正常的啦。」美芬阿姨的神情突然有些落寞。

然而，我突然覺得有些奇怪，在外婆的三令五申下，其實大部分的親戚除非是因為加班或是臨時有事，不然通常晚上六點就會在餐桌前就定位，而且就算晚來，也會趕快進去打招呼。

「阿姨，妳不進去吃飯嗎？」我提出了疑問，歪著頭，非常不解。

「嗯……阿姨等等還有事情耶，只是剛好路過看到你，啊，我先給你紅包好了。」美芬阿姨從西裝外套的口袋拿出了皺巴巴的紅包袋，示意我接過去。

就在此時，我旁邊的小黑卻瘋狂大叫起來。好像真的有點不太對勁，因為小黑平常不會這樣的啊，難道對方是壞人嗎？

「小黑、小黑……沒事、沒事，我只是想看看威俊，我們好久沒見了啊。」美芬阿姨連忙安撫生氣的小黑，不過後來當她的手碰觸到我時，突然一陣天旋地轉，我只覺得腿軟無力，在我昏倒的前一刻，我看到了美芬阿姨擔憂的眼神，以及用著顫抖的聲音不停說著對不起。

但她到底是誰？

◆

「威俊、威俊！」

耳朵旁嗡嗡地發出了吵雜的聲響，我睜開眼，只見我躺在平常在外婆家睡覺的房間，而我爸媽還有舅舅都圍在我旁邊。

「怎麼出去散步會倒在門口咧？」舅舅搶先發難，「要不是小黑一直叫，等等你就冷死了！」

「身體還有沒有哪裡不舒服？」媽媽把溫開水遞了過來，「是不是最近玩手機遊戲還是看漫畫太久了，不然怎麼會突然暈倒？」

「你們兩個都不停講，這樣威俊是要怎麼說？」爸爸冷不防地吐出這句，我忍不住噴笑出來，結果馬上被媽媽賞了個大白眼。

「呃……我沒事啦，不過剛剛昏倒前，有遇到一個說自己是美芬阿姨的人，那是誰啊？」

我這句話剛說完，媽媽和舅舅停止笑鬧，氣氛嚴肅起來，他們兩個人對視後，媽媽開口了，「你確定對方真的叫美芬阿姨？」

「對啊，她原本還要給我一個皺巴巴的紅包，我沒拿，小黑就已經一直叫，後來不知道為什麼，我就突然就暈倒了。」

當我把話說完，媽媽試圖用著輕鬆的語氣說明，但眼眶卻微微含淚，「阿芬是我們幾個兄弟姊妹當中最小的妹妹，你出生之後，她最喜歡的就是你了，一直覺得跟你很有緣份，不過在你五歲那年，阿芬下班準備趕回來過年時，在離家不遠的紅綠燈前面被砂石車撞……她

可能也是想回來看看你吧？」

「你說的紅包袋應該是這個。」舅舅不知道何時溜出去房間外，然後拿著用夾鏈袋裝的紅包袋走回來，裡面是個皺巴巴的紅包袋。

我仔細一瞧，上面還有我的名字。

「阿芬被送去醫院的時候，手還是緊緊抓著紅包袋，可惜沒辦法親手給你了。」媽媽接過紅包袋，用手輕輕撫摸，「我想，阿芬應該還是想把紅包給你，因為發紅包有一個意涵是長輩期許小孩子能夠順利長大成人。」

我沉默了好一會，然後提出了一個要求，「美芬阿姨現在是放在哪，我們改天去看看她吧。」

「可以啊，我想阿芬會很高興的。」

即便和這個阿姨相處的時間不長，我還是在心底道謝：美芬阿姨，妳的紅包跟祝福我已經收到了，謝謝妳。

猜猜我是誰

——本故事由作家青鷹所提供

隔天雖然是周六，不過要補班，廖美涵早早就到床鋪待命，無奈翻來覆去好一會，卻遲遲無法順利入眠，根據剛剛看手機的時間，現在大概是凌晨十二點快一點多。要命的是，隔天一早要開會，她得早點到公司準備，要是再不睡著的話，說不定還可能會睡過頭……

萬馬奔騰的思緒在腦海中打轉，眼看意識快逐漸清醒，廖美涵連忙讓自己趕緊放放鬆，甚至開始數羊，一隻羊、兩隻羊、三隻羊……

當睡意總算逐漸襲來，廖美涵緩緩拉高棉被，感覺正要被周公召喚去下棋，結果，靠防火巷的窗戶，傳來了男人聲響，「猜猜我是誰？」

廖美涵瞬間驚醒，但她大氣都不敢出一聲，即便知道自己的窗戶有加裝鐵欄杆，但世事難料，如果對方帶有什麼破壞性的攻擊武器，只怕她手無縛雞之力，可能毫無招架之處。

「猜猜我是誰？」

「猜猜我是誰？」

「猜猜我是誰？」

對方接下來又連說了三次，廖美涵越來越害怕。其實自己才剛搬過來這裡沒多久，想說在寸土寸金的台北，好不容易找到一萬塊以下的房租，結果住進來還沒一個月，就遇到這種鳥事，她又不是住在知名的猛鬼大樓，怎麼會這麼倒楣就碰上這種事？

過了好一會兒，對方的聲音沒再傳來，廖美涵緊繃的情緒微微舒緩後，很快就沉沉睡去。

◆

當廖美涵再次醒來，已經是鬧鐘群魔亂舞的尖叫時刻，眼看已經快趕不上預計的公車時間，廖美涵連早餐也沒買，就急急忙忙趕到公司，開啟混亂而忙碌的一天。

直到中午和同事吃飯，廖美涵這才大吐昨天睡前發生怪事的苦水，她的同事用著高八度的驚喊聲，幾乎讓整個店內都要響徹雲霄，「什麼！怎麼會這樣？」

「噓噓噓——妳太大聲了啦！」廖美涵用食指示意，連忙制止身旁的同事，省得整個速食漢堡店都是她的聲響。

「不是，這已經太誇張了吧？」同事總算把宏亮的嗓門放低，然後忿忿不平地說著，「我當初就說，那個房子那麼便宜，肯定有問題啦，要不要趁現在趕快跟房東反應啊？趕快退租，不然等等遇到變態怎麼辦！」

「可是我現在沒錢找房子啊……」廖美涵相當苦惱。

老實說，雖然在台北的薪水比較高，但是開銷也高，有時候光是一餐就會花到一、兩百元，如果是朋友聚餐，還可能高達四、五百元。也因此，廖美涵幾乎是個月光族，除了特別的績效獎金以及年終還可以稍微留一些下來之外，根本沒什麼存款可言，導致廖美涵一看到低於市價的租屋處，沒有深思熟慮就急急忙忙地搬了過去。

「等等，我們公司薪水也不低耶，妳是都把錢花去哪了啊？」

「薪水是公司機密，不要拿出來討論啦——」

「唉唷，我是關心妳耶！」

經過一連串的拌嘴，同事也不再追問，不過她還是很語重心長地建議廖美涵最好早點跟房東談談，或者是考慮搬家的事情，否則的話，照這樣下去，說不定情形只會逐漸惡化，每況愈下。

廖美涵當然也是很擔心自身安危，不過在沒錢的前提下，她今天也是只能戰戰兢兢地回到自己的租屋處。還好打開門後，看起來沒有被入侵還是翻動的痕跡，不過，當她靠近窗戶邊，卻不由地愣住了。

只見白鐵欄杆上明顯有污黑的痕跡，看起來像是被人用手抓過，但廖美涵搬來第一天，就已經徹底打掃清潔，就連窗戶和牆邊角落都不放過，她有印象，當時她拿抹布一根一根擦著鐵欄杆，甚至還抱怨說前一個房客跟房東怎麼都沒有把房間弄乾淨，實在有夠髒的。

所以昨天應該不是夢，可能真的有人走到她房間的窗邊？

她是住在一樓，但窗戶面對的是防火巷耶，那麼擠的巷子，到底有誰半夜不睡覺，沒事在別人窗戶旁邊說猜猜我是誰啦？未免太過神經病了吧！

不過前陣子的新聞上也是有不少報導精神障礙的人持刀傷害事件，想到這裡，廖美涵不禁毛骨悚然起來，沒有多想，立刻就撥打了房東的手機。

電話響沒幾聲，對方就已經答覆，但房東堅稱防火巷的兩邊應該已經被鄰居的鐵門鎖住，根本就不可能發生有人跑進去的事情。

聽到這裡，廖美涵只覺得更害怕了，防火巷都被關起來，該不會中間整個巷子都擺各自的私人物品或是雜物？要是哪天不幸發生火災，那不是更恐怖嗎？這樣應該是違法的吧？

只可惜，廖美涵的心聲再多，也不敢跟房東吭一聲，尤其自己當初看房子的時候，還因為覺得房間內部空間很小，跟房東瘋狂殺價，簡直跟菜市場沒兩樣，只差沒喊再多送兩把蔥之類的，現在要是又像下雨一樣，稀哩嘩啦一堆問題，房東說不定會中途解約，而且扣押她的房屋租金——

這樣，她可能就會流落街頭了……

於是，廖美涵也只能揪著一張臉，草草結束跟房東的對話，心不在焉地吃完晚餐後，她拿著手機發呆，當初自己堅持要到北部工作，結果也沒幾個同學或是好朋友還有持續聯絡，大家畢業之後就跟斷線風箏一樣。難怪以前課堂上老師說過，再來的同學會，通常碰面就是各自的婚禮或是喪禮了。

廖美涵有些悶悶不樂，但也不知道找誰訴說，她滑著臉書的好友名單，大家有著各自精采豐富的生活，有些人已經結婚生小孩，有些人已經成為公司裡的小主管。看到這些，彷彿顯得自己好像更加不堪，一事無成，當初說大話要來台北賺大錢買房子，結果現階段除了努力養活自己之外，根本就沒有無法完成當初預定的目標。

越想越憂鬱的狀況下，廖美涵索性把手機一扔，決定早點洗澡休息。然而，經過昨天的事件，她心底多少還是有點毛毛的，總覺得窗戶外面危機四伏，她今天乾脆把窗戶上鎖，而且奢侈地打開冷氣，還弄了香氛精油，以及播放舒壓的柔和音樂。

都已經做到這樣了，今天總該會好睡一點吧？

十點不到，廖美涵已經打算熄燈就寢，即便明天是星期日，但因為今天補班，實際上起床之後還要洗衣服、收拾房間，而且要是熬夜的話，感覺精神會更加疲憊，要是又聽到昨天的怪聲音，說不定還可能失眠。

由於今天工作很累，廖美涵很快就進入了夢鄉，不過，耳邊卻一直傳來『堵、堵、堵』的聲音。身體疲憊的她，完全不想要睜開眼睛，但聲音卻一直很清晰地傳來，簡直比鬧鐘還要纏人，就在廖美涵終於受不了，打算爬起來一探究竟時，明明已經開了冷氣，又放了音樂，但男人的聲音還是很清楚地傳來，「嘿嘿，猜猜我是誰？」

這下子廖美涵已經完全清醒了，她鐵青著臉，趕緊打開電燈，連忙查看窗戶邊的狀況，上鎖的窗戶一拉開，鐵欄杆上又是出現清晰的烏黑抓痕，明明自己剛剛查看的時候，已經順便用抹布擦過了。

廖美涵將臉硬擠在欄杆邊朝左右兩邊看，但也只聽到冷氣嗡嗡運作的聲音，黑漆漆的防火巷只能隱約看到好像鄰居曬衣服跟擺放腳踏車，沒有什麼奇怪的人影。

不然……等起床之後來去看看這條防火巷兩邊的構造好了。

關了燈，廖美涵窩進棉被裡。值得慶幸的是，這次可說是一覺到天亮，沒有再聽到什麼奇怪的聲響。

起床將手邊的事情忙完後，廖美涵興沖沖地走出門，她是住在巷子裡，如果想要看中間防火巷的狀況，只能往兩邊的巷子底邁進。

當她走到巷子尾，向右邊一轉，果不其然看到了上鎖的白鐵門，她先是呆了幾秒，但廖美涵還是不死心，她朝著巷子的另一端走過去。

同樣有一扇白鐵門，不過巷子頭這邊的卻是大方敞開，一覽無遺，但放眼看過去都是雜七雜八的物品，舉凡腳踏車、洗衣機、掃把、拖把等等全都雜亂無章的擺放，甚至還有人架起竹竿曬衣服。

雖然這樣擺放很危險，可是在如此擁擠而且不方便的環境下，真的會有男人躡手躡腳走到她的窗戶旁邊，只為了說一句猜猜我是誰嗎？

想到這裡，廖美涵鼓起勇氣，正想跨著大步，試著走到自己的窗戶邊，實際體驗看看時，卻有人喊住了她，「喂，妳在幹嘛？」

一轉頭，只見一個拄著拐杖的老先生正站在她身後，廖美涵趕緊想了一個理由，「我不小心從窗戶掉東西……」

「真是，我還以為是來找房子的。」

廖美涵這才注意到原來推開的白鐵門上有寫了尋找租客的資訊，反正不問白不問，她就順道開口，「是喔，你是房東？每個月租金多少？」

「一萬三，便宜租了啦，我們這邊很好喔！」

跟心中預期的價格有落差，眼看老先生正準備像連珠炮一樣滔滔不絕，廖美涵忙不迭地打斷他，「那我有需要再打廣告單上面的電話，謝謝。」

沒等老先生說話，廖美涵已經頭也不回地朝著防火巷子走進去，但走不到兩公尺就覺得困難重重。沒什麼好的落腳處，又被周邊的東西壓縮活動空間，要是真的有人在這裡快速疾行，肯定也會因為碰撞拉倒許多東西，不過昨天也沒聽到這些聲響……難道是鬼嗎？

廖美涵打了個冷顫，雖然現在是夏天，不過防火巷內卻是異常地死寂，她強忍著不舒服的情緒，終於走到自己的窗戶前面，她仔細地看了一會，卻意外發現窗戶底下的牆壁，跟周邊鄰居相比烏漆抹黑，儼然就像是被火燒灼還是煙燻過後的痕跡。

不知為何，廖美涵眼前突然感到一陣暈眩，甚至想吐。

明明是大白天，卻感覺周遭變得更加幽暗了，她趕緊朝著走進來的路往回走，途中還差點被東西絆倒，明明只是一條巷子的距離，但廖美涵卻走得如履薄冰，像是背後有千軍萬馬在追逐似地。

好不容易到了出口，廖美涵這才覺得呼吸順暢了一點，她大口大口地喘氣，經過的路人忍不住多瞥了幾眼，廖美涵拖著沉重的步伐，決定先去吃個早午餐轉換心情。

她來到常去的餐廳，老闆娘很自然地問她是不是吃一樣。不太想說話的廖美涵胡亂點點頭，等餐點上齊，正準備走回去櫃檯的老闆娘，看著廖美涵的腳發出驚呼，「妳的小腿怎麼像被人抓了一下啊？好黑喔！」

「呃……咦？」

後知後覺的廖美涵，這才看到自己偏白的小腿現在有著漆黑的五爪印，她想起來剛剛在防火巷差點被絆倒的事情，但……這是什麼？

不過現在是公眾場合，廖美涵倒也不好大聲嚷嚷，她只能裝傻幾句隨便帶過，也因為老闆娘現場尚有其他客人要招呼，這個話題嘎然而止，沒有持續討論下去。

原先只是想吃點東西放鬆，但看到這痕跡，廖美涵只覺得更加緊張，她拿衛生紙試圖擦拭，但效果不彰，她只好加快吃早餐的速度，然後準備回家用水清洗。

回到家，廖美涵隨手把包包一扔，連忙走進浴室開始用沐浴絲瓜布還有沐浴乳跟腳上的痕跡奮戰。努力刷洗了十幾分鐘，總算把自己弄乾淨，廖美涵呼出一口氣，正想著今天還要做什麼時，手機卻突然

響了。

看來電顯示是沒有記錄過的號碼，廖美涵不疑有他地接起來，話筒只傳來沙沙的聲響，聲音聽起來模模糊糊，「沙沙……沙沙……猜、猜猜……」

也許這個人是打錯電話了吧，廖美涵這樣想著，然後就切斷了來電。

◆

無所事事地度過假日，時間來到了晚上，廖美涵的神經又再次緊繃，畢竟說不定睡前或是睡到一半又會聽到奇怪的聲響，就連冷氣跟舒眠音樂都沒辦法壓蓋過去。

如果可以，廖美涵真想對著那個神經病用力揮一拳，順便破口大罵，拜託，人家隔天還要上班，別鬧了好嗎！但這個時間點的怒吼可能會給周邊的鄰居添麻煩，而且說不定防火巷還會把聲音傳送出去。

廖美涵抱持著惴惴不安的情緒，躺在床上，想辦法讓自己不要往壞的方向去想。只可惜，莫非定律從來都不會放過任何人。

就在廖美涵半夢半醒之際，那個聲音又再度傳來，而且距離近到簡直像在她的耳邊一樣……

「猜猜我是誰？」

「猜猜我是誰？」

「猜猜我是誰？」

憋屈了好幾天，廖美涵根本不打算再忍耐，她想大聲罵出來，但嗓音到了嘴邊卻發不出去，就連手腳都有些動彈不得，就在模模糊糊之際，聲音甚至還變成了歌唱，「明天我要嫁給你啦、明天我要嫁給你啦——嘻嘻嘻！」

雖然周華健的歌很好聽，但廖美涵現在只覺得驚恐萬分，這該不會就是以前在網路閒逛，看批踢踢時，鄉民所說的什麼鬼壓床吧？

廖美涵越掙扎就更加難以移動，明明意識還算清晰，但身體的控制權卻像是不是自己手中。

也不知道抗衡了多久，廖美涵的思緒逐漸模糊，就這樣昏昏沉沉地睡去，直到隔天的鬧鐘驚聲尖叫，才又開啟她的一天。

在沒睡好的情況下，廖美涵今天一整天都處於精神萎靡的狀態，導致工作上出現了不少小差錯。同事不禁關切起來，但廖美涵也只是草草帶過，畢竟要是牽扯到非科學類的事件，同事可能又會覺得她迷信，與其這樣，不如她下班之後再想想該怎麼辦好了。

一到打卡時間，廖美涵簡直如同火箭噴射一般，飛奔跑離辦公室，但這也讓其他同事們嘖嘖稱奇，甚至背地裡偷偷討論起來，廖美涵是不是交到了男朋友……

搭乘捷運回家的路上，廖美涵苦惱地用手機蒐集資料，拜Google的方便性所賜，現在不出門也可以知天下事，但她不確定自己現在應該要做什麼，因而對著手機螢幕喃喃自語起來，「呃，這是要去收驚嗎？還是要到廟裡拜拜……」

然而，到站之後，廖美涵還是得不出答案，她最後覺得乾脆先去家裡附近的廟裡走過去拜拜好了，如果剛好有收驚服務就順便問一下，要是能夠一石二鳥，感覺也是不錯。

結果，廖美涵才剛走到附近的媽祖廟，正準備跨過門檻，走到廟裡時，不知為何，腳底就是一陣踉蹌，她明明已經是大人了，卻當場摔個狗吃屎，模樣顯得相當狼狽。

「小姐，妳沒事吧？」

由於聲響太過響亮，引起了廟方人員的關注，他們見狀後趕緊迎上前，把她攙扶走進廟裡，但廖美涵只覺得小腿越來越痛，甚至有難以走路的趨勢，而且好死不死，正好就是那個昨天去防火巷後，有烏黑爪痕的那隻腳！

「好痛喔，嗚嗚嗚——」

不顧自己的年紀，廖美涵的情緒完全釋放，在廟裡嚎啕大哭起來，接著從辦公室裡，有個穿著運動排汗衫的男人皺著眉頭走出來，一看到廖美涵的情形，沒有多做解釋，直接拉開了廖美涵一邊的長褲。

奇怪的是，廖美涵剛剛明明是正面摔倒，理論上應該會是胸腹前方以及膝蓋受傷，然而，她的小腿卻是鮮血淋漓，完全不知道是怎麼一回事，廖美涵跟其他廟方人員面面相覷，而那個男人開口了……

「妳這幾天都睡不好？」

「呃、嗯……」

廖美涵把這幾天睡前發生的事情一五一十地說出來，男人嘆了一口氣，「繼續這樣下去，妳就要變成鬼新娘了。」

「委員，你在說什麼啦！」其他廟方人員慌亂起來，「這小姐不是人還好好的在這嗎？」

「都兇到在廟門逞威風了，這樣真的不行。」被稱作委員的男人，他語氣平淡地說著，「先幫這位小姐收驚吧。」

廟方人員張羅起來，而廖美涵只是呆坐在原地一動也不動，被稱作委員的男人蹲在前方，和緩地安撫著她，「放心啦，妳會沒事的，媽祖婆不會讓那個鬼這樣恣意妄為的。」

「……所以，真的是鬼？」廖美涵怯生生地說著。

「我不想嚇妳，也很想說不是，不過對方都在廟門兇到不讓妳進來，妳的腳應該是被他抓到第二次了，那是一種鬼的記號。」

「這樣不是很倒楣嗎？我在明，鬼在暗，我哪知道鬼會做什麼？而且，為什麼是我！」廖美涵不滿地說著，老實說，自己光是應付工作跟生活就已經筋疲力竭，晚上還要跟鬼打架，這些事情根本就是莫名其妙。

「這個嘛，我是覺得，妳可以再問問妳的房東。」

男人高深莫測地說著，廖美涵還想繼續問，但其他廟方人員已經備妥線香符紙，廖美涵按照廟方人員的指示，站在媽祖娘娘的神壇前，而廟方人員將線香恭謹地遞給那個男人，男人才剛拿起香，氛圍跟氣勢為之一變，整個人莊嚴起來，廖美涵的腦子卻又在此時變得昏沉，身體開始有些許發熱，不由自主地說起話，「我好像應該要到廟門外……」

「沒有什麼應不應該，媽祖婆會幫忙的，妳現在想要的是什麼？」

「我、我想要好好睡覺。」

睡眠乃是人類三大欲之一，接連三天睡前緊繃，昨晚甚至鬼壓床，廖美涵只覺得又氣又委屈，難怪已經有人說過台北居大不易，她也只是想找個便宜的房租，誰知道會發生這種事？

生活……真的好難啊！

「沒事的，妳會慢慢好起來。」

恍惚之間，廖美涵好像聽到有人在鼓勵她，但聲音卻是相當虛無縹緲，而且似乎還有爭吵的聲音，她努力地想要聽清楚，隱約間只聽到了斷斷續續的話語。

「……才不是，那是我的！什麼……不可能……我女朋友就是住在那，我們明天就要結婚了——」

「一派胡言！」

「她是愛我的、她是愛我的……我要給她禮物、很多很多禮物……她怎麼可能會離開我？」

等廖美涵回過神，她的身體跟精神全都輕鬆了不少，而剛剛那個男人已經徐徐地走回辦公室內，廖美涵還想多問，但腳步卻不由地一軟，廟方人員將她移動到旁邊的座位區，好聲好氣地說著，「剛剛收驚完了喔，不過這個符喔，妳這幾天戴著，洗澡前再拿起來，但晚上睡覺最好還是戴著喔。」

「請問……到底是怎麼了？」廖美涵不明白，剛剛聽到的那些，究竟是怎麼一回事，這下真的沒事了嗎？晚上可以安心睡覺了嗎？

「委員說，再去跟妳的房東談談吧。」廟方人員沒有多講的意思，廖美涵也只能收下拿到的平安符，掛在身上，確認身體無礙後，隨手放了一些錢到零錢箱，這才緩緩地走出廟門。

◆

飢腸轆轆，縱使有滿腹的疑問，但廖美涵決定先選擇填飽肚子。剛好附近就有一家小麵攤，她點了乾麵，隨便切了一些小菜。吃飽喝足，慢慢散步回家後，順便將腳上的傷口進行簡單處理，這才拿起手機，再次打給房東。

同樣沒有響很久，房東接電話的速度很快，沒等對方說話，廖美涵已經劈哩啪啦飆了一堆，這次完全沒打算客氣了，「喂，你的房子是不是有問題啊，不然為什麼我會這幾天睡不好？而且我從防火巷走過去看，房間外牆上面還有被火燒過的痕跡，這裡該不會是凶宅吧？」

「這個、不是啦，呃……」

「你最好說清楚，不然我這個月就要搬走，而且你不可以扣我的租屋押金！」

「廖小姐妳在家嗎？還是我們約在後面巷子的咖啡廳？」

廖美涵立刻就點頭答應，由於腳上的傷痕還有點痛，雖然距離不遠，但廖美涵到咖啡廳的時候，房東已經坐在室外的位置，甚至連咖啡都點好了，「廖小姐，妳想要喝什麼？我請妳。」

「漂浮冰咖啡，冰淇淋要兩球，謝謝。」看房東似乎沒有要進去室內的意思，廖美涵也就直接點了飲料，甚至毫不客氣地要了兩個冰淇淋。

就在服務生準備的時候，她把睡不好的情形，昨天去防火巷看到的狀況，還有今天去媽祖廟的事情，全都一股腦兒地說給房東聽。

「那裡不是凶宅。」

豈料，房東聽完之後，卻是這句話，這反而讓廖美涵更加火大，現在房東這態度是怎樣，推卸責任嗎？

「妳是第三個在那個事情之後住進來的。」房東大概是發現廖美涵面色不善，他只好加快自己講話的步調，「我去年租給一對情侶，他們本來都好好的，而且也準備論及婚嫁，不過在這時候，女生突然喜歡上公司同事，結果就是男生搬出去，但男生非常很喜歡這個女生，所以偶爾還是會回來看看。」

「等等，這不就變成跟蹤狂了嗎？」廖美涵詫異地張大嘴巴，原先以為這種情節只有在批踢踢還是Dcard的網路文章才會出現，沒想到現實中也是真實上演。

「男生覺得還有挽回的餘地，但女生就已經鐵了心，就算男生在大門口堵人、在女生生日特地跑過來送很多禮物，但女生完全不領情……」

「然後呢？」

「那個男生後來精神狀況不太穩定，尤其是發現女生會帶那個男同事回他們曾經一起住過的套房，他就隔著防火巷的窗戶說猜猜我是誰，他們被這樣弄也不是辦法，就考慮要搬家，沒想到那個男生居然在那個位置縱火……」

「那你還說不是凶宅！」

廖美涵的心臟整個都被揪住了，老天爺啊，難怪那時候她對房租瘋狂殺價，房東雖然面有難色，但最後還是同意讓她住進來。

「女生跟男同事就沒事啊，不過那個男生好像被捲進火焰中，雖然其他鄰居幫忙撲滅，但男生可能也不想活了吧。聽說也是在一起很久的班對，突然被分手之後，那個男生整個行為舉止都變了，最後送醫的結果是宣告不治。」

想到自己的窗戶外有人曾經縱火過，廖美涵根本就不想繼續住在那，這簡直就是深深的惡意，就算壓根沒死人，光聽到這些，也已經夠驚恐了。

「我以為兩邊的防火巷鐵門都關起來了，我剛剛走過來的時候也順便過去看了，可能他們後來還是決定要打開其中一邊的鐵門吧，本來那個事件之後，這邊的里民會說好不要堆東西，但看起來還是故態復萌啦……」

「我要搬家。」

「呃，廖小姐，不然我房租再跟妳減一千，其實前面兩個房客也沒事，她們後來換工作跟返鄉了，這可能只是……」

「不要，聽你說完這些，真的是有夠恐怖！」

即便從房東口中知道真相，但廖美涵也沒有覺得比較平靜，反而連今天晚上都想先去別的地方睡覺，天曉得會不會又發生同樣的失眠事件。想到那個已經死掉的可怕男生連三天對著她說猜猜我是誰，廖美涵只覺得毛骨悚然。

正巧她昨天在防火巷前面遇到那個找房客的老伯，不然乾脆趁現在打電話過去，問問看最快什麼時候能搬過去好了。

服務生在這個時候端上了漂浮冰咖啡，廖美涵拿起湯匙攪動著冰淇淋，而房東眼看廖美涵心意已決，突發奇想地說了一個新提議，「這樣好了，我房租減三千，而且警察都是正氣的存在，我請我朋友的兒子穿著正裝過來走動一下，這樣也可以安心一點吧？不然我也問問看有沒有師父可以幫忙處理的。」

廖美涵只覺得無言加無奈，現在是怎樣，房東也太想留住她了吧？不過老實說，每個月減免三千的房租……也的確是個誘因。

「好吧，反正如果今天晚上再像前幾天這樣，我這個月就要搬走。」她開出自己的前提條件，房東也答應了，一邊說要趕快去聯繫

後，就離開了咖啡廳，至於廖美涵則是慢慢地喝咖啡、吃冰淇淋，等做完心理建設後，這才慢慢地踱步回家。

或許是因為符咒的加持，總之，廖美涵度過還算清靜的幾天生活，而房東也提前告知會在周末帶警察過來房間走走，而且還會有個靈異大師陪同。

過來的警察是個年輕小夥子，看起來熱血又有正義的樣子，至於房東先生口中的靈異大師，出乎意料的是最近電視節目上常常出現的張老師，一碰面就露出親切而且和藹的笑容，而他的身邊還跟著一名女高中生，但表情卻是相當厭世，臉頰跟嘴唇都沒什麼血色，看起來身體似乎不太好。

可能是靈異大師的跟班吧？廖美涵這樣猜想的。

「妳好妳好，我們受到了委託，那就不好意思要進房間囉。」張老師也沒什麼囉嗦的繁文縟節，但還是有禮貌地跟廖美涵打招呼。

「呃，請、請。」早知道有陌生人要進來，廖美涵早早就收過房間，但也覺得這個參訪團真的是有點荒謬，不過對方好歹都已經是電視上的超級靈異大師，有他出馬，這下子應該真的沒問題，萬無一失了吧？

「嘖，討人厭的煙燻味。」女高中生還沒進門，才走到門口就露出厭惡的神情。

廖美涵有些錯愕，「我沒有點薰香啊！」

「不是，是燃燒跟惡意的臭味。噁，妳太厲害了，居然能住在這……」女高中生發出乾嘔，廖美涵則是不知所措地看著眼前其他人，警察小夥子彈了女高中生的額頭，「別老是說一些別人聽不懂的話。」

「要不是媽祖廟的老劉要我們過來收尾，我才不想跑一趟。」女高中生雙手抱在胸前，嘴裡不住地嘟噥著，但礙於警察小夥子的氣勢，最終還是萎靡下來，乖乖地待在一旁發呆。

「啊，抱歉，可能還是要去外面巷子一趟。」張老師摸摸鬍子，

提出了這個要求。

房東也很爽快地帶人過去，但現場正如廖美涵上周過來看的情形一樣，到處充滿雜物，當然還是很難順暢地移動進去，尤其當中身材最圓潤的張老師，整個人就是在夾縫中求生存。

「這已經違法了吧？住戶這樣堆放已經危害到公眾安全，不是聽說之前才起火過嗎，現在又這樣？」警察小夥子一邊走，一邊嘀嘀咕咕地說著。

房東臉色雖然尷尬，但也沒說什麼。

總之他們一行人浩浩蕩蕩地走到防火巷中，張老師還沒開口，女高中生已經舉起手揮擋，面色鐵青，「誰准你靠近的？」

「哎呀，先生，天涯何處無芳草，何苦單戀一枝花呢？」張老師號稱是靈界的溝通橋梁，他擋在女高中生的前面，很快地就像連珠炮一樣，在那道烏黑的牆邊，不停地說個沒完。

「你說你跟對方在一起六年，感情這種事就很難講啊，噢噢，你們已經最喜歡玩猜猜我是誰啊，唉，這也沒辦法啊，你說你只是想跟對方再談談看？」

「好了好了，別哭啦，我知道你也很難受嘛，你說現在想回家看看？可以啊，這沒什麼問題，你家人應該一直都在等你喔，好啦好啦，我會幫你談談，真的別老是窩在這，繼續做這些事情也沒什麼出息，你說是吧？」

張老師的溝通總算告一個段落，他拿出了隨身的道具，比出幾個結印手勢後，露出了開朗的微笑，「沒問題囉，我們可以撤啦，接下來不用再猜猜我是誰了，又不是神奇寶貝圖鑑，哈哈哈。」

「神奇寶貝現在應該更名成寶可夢了。」警察小夥子一本正經而且認真地回答。

「真的很討厭這種沒禮貌又媽寶的男鬼，一見面就想撲過來，以為全世界都要跟著他轉，嘖。」女高中生的碎碎念不絕於耳，她甩甩手，「要不是我反應快，我看你這個大師還沒開始談，就已經挫屎啦！」

「真是，女孩子講話不要滿口髒字。」警察小夥子又彈了女高中生的額頭。

看著他們的互動，廖美涵感到有些困惑，她再仔細看看對方的眉目，等等，這個女生——

她就是之前新聞上聲名大噪的靈異女高中生！原來她目前正在張老師的師門底下學習嗎？

不過，他們三個人很快就離開了現場，廖美涵也沒有什麼多餘的時間八卦，至於房東則是鬆了一大口氣，「之前兩個房客都沒事，沒想到這次這麼嚴重……本來想說找附近媽祖廟的劉委員過來看看，但他推薦了張老師過來，我想鐵定沒問題了。」

聽到這裡，廖美涵內心真的很感激那位劉委員，不僅在媽祖廟時進行收驚儀式，還有安慰她，甚至特別找人幫忙進行後續處理，等這件事情完全結束後，改天應該要過去拜拜還有道謝。

她應該真的可以安心了。

過了幾天，在警察小夥子的熱情協助下，總之，防火巷的問題順利解決了，這下子廖美涵總算可以繼續安心住在這邊，而她正準備去吃鬆餅，當作犒賞自己這陣子以來度過這些怪事的禮物。

手機卻在此時響起，廖美涵接起了電話，「喂？」

「欸欸，好久不見，我是妳高中同學啦，猜猜我是誰？」

「詐騙集團滾啦——」

放下手機，廖美涵沐浴在陽光之中，最近真的是受夠『猜猜我是誰』這句話了。

不管是誰，她都不想猜啦！

誰在你後面！

鬼故事

特別指導

——本故事由癸通華提供

臺北人的小哈，就讀出生地某知名國立大學，現為商設系大三生。

他們學校創立於日治時期，像其他歷史悠久的學校一樣，學生們總編造些鬼故事；入學那幾個月，她的直屬學長更亂講：「真的啦，正對校門的那棟、以五種德性命名的教學大樓，頂樓在日治時期是保健室喔……不信？唉，那我也沒辦法。」或什麼，凌晨十二點後，學校口字型的建築群圍起來的空地，日本兵會在那走校園。

但小哈和同學上網查都沒發現相關史料。時代變遷，這些口述歷史早已不可考據。

這天，學長說的鬼故事是近年的事件：「晚上六點到十二點這段時間，盡量不要待在那棟樓耶。之前情傷跳樓自殺的學姊會在那抓交替，我們班有人看過喔。」

「太恐怖了吧！我都起雞皮疙瘩了，你幹嘛晚上說啦！很討厭耶。」

「沒事，有我在，我保護妳們。」和學長聊得開心的那組女同學隨後和他一起離開。

小哈遠遠聽他們聊，內容不是很真切。頭昏沉沉地，隱約聽見一個陌生女聲不斷地說：「結束了嗎……」

身旁同組的小雯打斷她：「妳還好嗎？樣子呆呆的，該不會感冒又變嚴重了？」、「不知道耶，不過我們先回去好了。妳打工比我趕，教室鑰匙交給我還吧。」

「好！」

因為小雯要去廁所，小哈就先走了去另一棟樓還鑰匙；一路上，小哈不斷想起學長說的話，偏偏她要去的系辦就在那棟樓裡。

在上樓的樓梯間，之前她在教室內聽過、沒被嬉鬧人聲蓋過的女聲竟也如影隨形：「結束了嗎？結束了嗎……」那聲音低喃不止。

小哈心底起了這樣的疑問——是情侶吵架嗎？但頭熱呼呼的狀態

使她很難思考，只想趕快處理完回家休息。

就在這時，她被眼前忽然變暗的路況嚇得顫抖，沒路了！

「結束了嗎？」一路上陪伴的悽苦女聲正緊貼著她，意識到這件事的小哈感覺自己的背越來越重……就像揹著一個人！

小哈昏沉沉的腦袋瞬間清醒、一股寒意催促她轉身快跑下樓——但手上的鑰匙串在疾跑時不慎飛了出去、落到某層樓的地面上。鏗鏘聲敲響整條建物樓梯，下面幾層樓路過的學生、師長紛紛向上探頭。

一位外系老師彎腰，撿起那串系辦鑰匙打量起來，沒多久朝樓上喊：「鑰匙掉到三樓，到三樓拿吧！」

好不容易跑到三樓的小哈，跑到一個手上拿有鑰匙串的老師身邊、彎下腰大口喘氣。明明剛剛跑得急促，現在額頭、身體卻冒著冷汗。她用發抖的手從外系老師那接過鑰匙，連道謝都忘記說。

看著她魂不守舍面色慘白的模樣，這位老師主動陪她到系辦還鑰匙，堅持要聯絡到她的班導；並詢問她在樓梯間奔跑的理由。

稍微冷靜下來，小哈用發白的唇向系辦的人說——

「我原本以為是感冒的關係才走錯樓，但那樣也不可能走到頂樓！如果不是被頂樓的門擋住，我可能就、可能就……」沒說完、情緒失控哭了起來。

師長、同學紛紛安慰她。

接獲通知正巧趕到的班導詳談後說要帶她去看醫生和收驚。

原本大家以為事情就這樣過去了。事件隔天，小雯晚上六點一到、課上完就跟小哈說：「我們換地方討論吧？」因為小雯東西收得很快，小哈經過昨天也不想晚上待在學校，於是他們組的同學一起到附近的咖啡廳討論專題，同行的還有小哈的直屬學長。

小雯到那才臉色凝重說：「因為剛剛還在學校我不敢說，那天原本我想等小哈一起走的，結果到一樓抬頭看教學樓時……看到一個女生從上面跳下來，摔成奇怪的形狀，流很多血。她重複跳下來、到地面消失，再跳下來的行為；這還不是最可怕的。最可怕的是，她用一種悲傷又愉快的眼神看我，更朝我剛剛盯著的大樓方向看……我猜她可能是在看我那時看的地方：系辦。」小雯一臉歉疚地看著他們，她不是故意放小哈一個人回家的。

小哈伸出雙手抱著自己的臂膀，咖啡廳的冷氣像是壞掉了，溫度彷彿只剩十幾度。唯獨直屬學長不受影響：「哇！真勁爆。妳們是遇到那位『學姊』吧？她之前就常指引失戀的人上頂樓跳樓耶、慢著！小哈妳該不會剛好失戀吧？」

上大學，學長姐總會「特別指導」學弟妹，但你確定自己收到的指導是活人給的嗎？

高中生的童年

——本故事由癸通華提供

阿庭的家庭結構是常見的大家庭，除了父母也和阿公阿嬤一起住。家中客廳設有神明桌，主要拜菩薩，但也拜祖先。

每日，他都會看到父親供上新鮮花束、三個小巧潔淨的水杯，虔誠點香拜拜；這算是阿庭父系家族的傳統，以前他感到疑惑跑去問，爸爸這樣告訴他……

「這桌喔？在我很小的時候，你阿嬤就這麼做了。嘿！她更厲害，我小時候啊，神明還時常找她處理事情。我和阿公都被她嚇過好幾次；她都沒預告的，突然就兩眼一閉開始處理、傳達神明的意思了。那時還有鄰居的親戚，特地從臺北下來找我們家，求她幫忙。」

阿庭當時追問父親、有沒有遺傳到與阿嬤相同的體質；他說：「我就沒被神明找過，你阿嬤說我八字比較重，小時候她們不用做太多事都會平安長大。喔對了！我想起來，你阿嬤在你滿一歲時說過：『家裡的神明有派人保護阿庭，他一定會健康平安的長大。神明還說，未來可能會找我們阿庭處理事情。』」

小時候，阿庭雖比常人擁有更多接觸神明的機會，偶爾也被帶去遶境。但他體質可能遺傳到阿嬤，很容易看到清楚的「形象」、形體不美好的「東西」；例如，就讀新北市某所位於板橋的國小時，他就遇到一些難以解釋的事件……

◆

每次上桌球課都得到地下室才行，但阿庭很討厭地下室的霉味、濕氣，以及下去前那條長而寬敞的樓梯。但寬敞的樓梯還是有好處的，他們幾個男同學很愛不聽師長勸告、比誰最快到地下室門口。好幾次奔跑競賽途中，他都在樓梯快到地面一半的地方，看見樓梯上有顆綠色人頭一閃而過。

「阿庭最愛嚇人了。」

「別說啦！以後會不敢一個人下去了。」

每次分享完校園「經歷」，周遭同學都會說出類似的話，他也就漸漸少說這些事。但因為人頭事件，之後他都不敢參加地下室的樓梯競賽，選擇和另一群同學下去桌球室——可能因為那顆異樣的綠色人頭給他的印象太鮮明。

有過被同學排斥的經驗，阿庭打消和那群一起玩樂的同學說這件事的念頭，他很怕又被討厭。可是他吞吞吐吐的反應還是被朋友察覺到，朋友以為阿庭是討厭他們、怕老師抓的膽小鬼，就不理他、不再找他玩賽跑了。

◆

連續兩週就這樣過去，阿庭還找不到方法阻止他們，讓他們不要在通往地下桌球室的樓梯上奔跑。

這天上課，阿庭忘記帶水壺，回教室拿而晚到。一進教室，他就聽見老師在安撫人的聲音、很大聲的男孩子的哭聲：「嗚哇——我要回教室。我要回家！」

「好、好、好，我打給你媽媽了。她說等一下就會來。救護車在路上了。沒事了，別緊張。」

這聲音越聽越耳熟，阿庭湊近一看，竟是不久前一起賽跑的同學在哭！他哭到連話都說不清楚，混著鼻音重複說：「我真的有看見！你們要相信我……那顆綠色的頭到現在還在對我笑、嗚哇——」

當下他汗毛直立，身旁聽聞過阿庭「事蹟」的同學，看向他的神色霎時轉為驚懼，以阿庭為中心退開一圈。

這堂體育課，因同學在樓梯上奔跑自己摔下去、額頭流血必須送醫而提前結束；聽說頭縫好幾針的同學有去收驚，之所以是聽說是因為後來這位同學就轉學了。

但事發當天，阿庭其實看到更可怕的事……

太害怕的他刻意混在人群裡向上行走，上樓梯的途中，他看見綠色的人頭與受傷同學的頭產生重影！似乎察覺到他的視線，綠色的頭顱更呈現一百八十度角轉過來，與同學的後腦杓重疊。

綠色的臉朝正在上樓的人群、當時仍是小男孩的阿庭，露出一個既幸福又邪惡的笑容。

今年，十八歲的阿庭在服務的志工單位裡，勸告小朋友不要在樓梯上嬉鬧時。一閉眼，便會想起這顆綠色的頭，以及祂贏得勝利的笑容……

#2

阿庭傳奇色彩的生命裡，在國小有太多說不完的「樓梯」故事。

繼小三的頭顱事件後，那群愛在樓梯上奔跑競賽的同學還是照常玩樂，一路跑到他們小六。只是他們已將通往桌球室的那條樓梯列入黑名單，改到其他地方比賽。

看著這群人還能享受風的速度，身材漸漸發福的阿庭有些羨慕。這讓原本不再玩危險遊戲的他又興起念頭。

這天，阿庭冥冥中像被什麼無形力量牽引，臨時加入這場比賽。

這次賽場在音樂班為主的大樓裡，整棟建物六層樓，五到三樓是音樂班的樓層，兩側都是琴房，大門緊閉。白天採光有限，環境整體很昏暗，不仔細看很難辨識人臉；這也是他們刻意選擇這裡的原因，就怕被老師抓到。

帶頭的同學一開頭就朝阿庭下馬威：「你終於不當膽小鬼了！這麼久沒跑你一定很弱，等一下跑最後的要請第一名吃餅乾，說定了喔。」他想著錢包和福利社，開始後悔自己參與其中。但等到真正跑

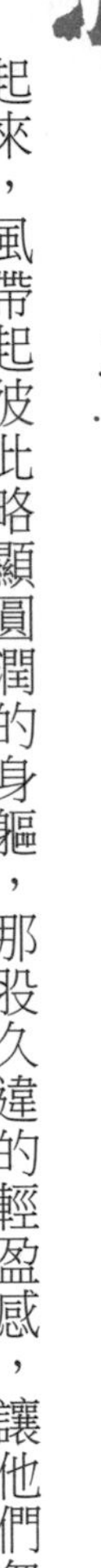

起來，風帶起彼此略顯圓潤的身軀，那股久違的輕盈感，讓他們忽略老師於身後的吹哨音與追喊聲。

這次，他們在上課教室旁的大樓梯玩，從六樓下到三樓，最快到三樓的人就贏了。

噹噹噹噹——噹噹噹噹——阿庭一行人覺得不妙，跑得速度更快了。不一會兒，阿庭面前跑過許多穿運動服的同學，有的認識，有的不認識。跑著跑著，汗水不斷掉落。可能是太少運動的關係、他感覺自己的身體有氣無力的。

當他跑到四樓下三樓的地方，身旁已經沒有其他學生了。可當他接近、還沒通過轉角，忽然瞧見一幅奇怪的景象：一個奇特的黑影，他摸著木製把手，用近似猿類的姿勢微微跳起身，率先通過轉角，一眨眼就不見蹤影。

阿庭猜想是哪位新加入的同學超他的車、「啊！這人跑步真快啊！

是不是田徑隊的？」

在下最後一階的時候恍神，眼看就要摔倒，就近的同學機警地靠近他，讓他能攤在自己身上。眾人紛紛讚嘆，好險扶住阿庭的人身形比他壯，不然阿庭一定會嚴重摔傷。

◆

有驚無險回到三樓的阿庭，和大家一起清點人數時才發現，在他之前其他人早就到齊了！他失望地想著自己的錢包，看手錶已超過上課時間十分鐘。

這下好了，老師又要告訴家長了；沮喪之餘，又有點興奮，想起剛剛看到那個黑影類似國外跑酷的畫面，便問大家……

「你們剛剛誰這麼強，轉角下去的地方，技術太好了！是誰剛剛用『這招』、『這樣』轉過轉角的——」他比了個單手撐把手、稍微懸空的降落姿勢，又說：「我沒看清楚，好想學啊。這招太厲害了！」

似乎沒人打算回應他。同學們還喘著氣、眼神渙散。更甚，這群人的臉上找不出快樂的神色。

他忍不住再問，這時其他同學才認真打量在場的人，似乎猜測誰可能這麼做。

「不是我。」

「不是我。」

「也不是我。」

「會不會是音樂班的啊？」等聲音此起彼落……說完幾分鐘後，大家的臉色難看起來，就連遲鈍的阿庭都開始意識到：沒有一個人說是他做的！

「嘶，好冷喔。」不知誰起的頭，一股寒意朝眾人襲來。

帶頭的同學說道：「我們回去吧。哎。遲到又要罰站了。」

「都小六了，之後我不能再跟大家跑了。上次我爸說、要是再這樣就不讓我去畢旅。」

「哎。我們誰不可憐，都跑三年還這麼胖。」

「真的耶，我也想變瘦；是說，上次被老師唸已經很煩了，他還打給我媽……」此起彼落感嘆畢業的討論聲裡，唯獨遺漏阿庭的問句。

他傻乎乎地想追問，立刻被鄰近的同學摀住嘴、神色緊張悄聲地說：「晚點再講。」

下課前，阿庭仍舊想不透為什麼被大家這樣對待，可當他在教室外罰站，看著跑樓梯的同學們，在冬天還能汗如雨下的畫面，忽然想通了：他們這群人的身材都是微胖或肥胖的類型！

阿庭語氣不安地問：「你們不讓我說是因為……我看到的其實是——」

最胖的那位同學大吼：「阿庭你閉嘴！」被恫嚇的阿庭楞住了。

教室一陣騷亂，導師急忙出來把罰站的眾人痛罵一頓，剛剛兇過阿庭的同學卻哭得很淒慘：「老師嗚哇——阿庭又看到了……」頭疼的老師讓他們都回教室、好好解釋來龍去脈。

阿庭說，他那時和班上的人解釋才發現：同學說他看見的不是他們，但他以為也可能是隔壁班的同學。不過事後，當他回家越想越不對勁。那個黑影不像人類，但回憶起來又有點像。

從那之後，直到小學畢業前，阿庭仍會在經過那棟樓四樓的轉角前，遇到先他一步、轉彎下樓或上樓的黑影子。有時「這位」還會特地將他漆黑的頭顱轉向他，彷彿在告訴阿庭：「想學轉彎的願望我聽見了，嘻嘻！」

◆

十八歲的阿庭和好朋友小葵說道：「我們後來都不敢再玩這種遊戲。」對方問他為什麼，他說……

「我和同學回母校找班導時，才聽說下一屆也有人學我們在樓梯上奔跑。那個人就沒這麼幸運，在轉角摔成重傷，最後是被救護車載走的，超可怕！班導還說，那時也有別的學生說看到黑影。校方為了這件事還找一天作法事呢……啊！還有就是，直到最近我才聽說，一開始地下室出事的那個同學，後來精神狀況都沒好轉，現在住進松〇院區了。」

他和小葵說這些童年故事的時候，小葵感覺自己的背像被什麼無形的東西給壓住、沉重感壓得快喘不過氣、用來交談的電腦也頻繁當機……

今後，你還敢在樓梯上奔跑嗎？老師不讓你們在樓梯上奔跑，是有原因的……

誰在你後面！

鬼故事

廢棄營區

——本故事由癸通華提供

我是軍人，你可以叫我阿佑。我的勤務是夜間查哨的駕駛。基於本身體質對其他世界的東西比較敏感。

事件發生的那晚，我也和前面幾個班次的人確認過沒發生什麼奇怪的事。加上這天，和我很熟，已經調走的學長會回來一起執勤，讓我更放心了。查哨過程中，和學長像往常一樣嬉鬧，聊些蠢話題。車就這樣一路開、開到我們最後一個哨口，那裡是荒廢的營區，完全沒有路燈，幾乎一片漆黑只剩月光和車燈照明。

當我們到達哨口，學長正準備下去確認簽字時，我看見哨口那裡站著一個人影。原本想叫學長去處理，但細看讓我渾身發毛，那是一個清楚人形的黑影！

當下我立刻回過頭，假裝專注看著前方，不敢再往那個方向看去。

等學長上車的時間漫長似永無止盡，焦慮的我不停確認時間，額角的汗水瘋狂滴落。好不容易等學長處理好，我加速離開那裡，他還笑我膽小。但等我開很遠了，才敢跟學長講這件事，當下他也起雞皮疙瘩，讓我不要再說了。這天後面的幾個班次，我都懷著不希望再「看到」的心情儘速查完。

終於熬到早上天色全亮了，我拖著疲憊的身軀回到寢室，可能因為精神緊繃的關係，只要一閉起眼，便會想起今天凌晨這起事件。就這樣，在害怕自己睡著看見什麼的狀態下，不知不覺就睡著了。但這天，我做了一個夢，夢到自己站在我們分隊的車輛棚廠內。

學弟妹在我前面不怕死的嬉戲打鬧，我既生氣又擔憂，向前走去，想提醒他們棚廠內不要胡鬧，很容易發生危險。但當我走過去時，夢裡的天色倏地變暗，陰冷的風陣陣地吹，我忍不住伸手遮擋可能飄來的枯葉，再轉頭，想找那群學弟妹的身影，卻已經找不到了、學弟妹們全部不見了——取而代之是一個個手牽著手的小紙人。他們圍成一個圓圈，在原先學弟妹待的位置，嘻笑著。

圍著圈轉動地跳起舞，越跳越快，越跳越快，四周的風也越颳越大！被這幅景象嚇壞的我想大喊大叫，但當我張開嘴，唇齒卻抖個不停，嘴裡只能發出一些吱吱嗚嗚的聲音……

後來我就被嚇醒了。

下午一點多醒來，身上還殘留著冷汗。那時，光是回想夢境、營區黑影的事就很怕，趕緊去求個護身符帶在身上；我求了琉璃珠吊墜的符，這個符可以戴在脖子上，珠子裡有我看不懂的經文。

事件發生後雖然我和學長一切平安，但當我再去廢棄營區執勤時，發現護身符的線斷了。那時想著符還在，沒什麼事的樣子，便將符放在身上口袋裡。可是下次去同個地方，符就掉下去，再也找不到了。

之後休假，回家問家中媽祖，媽祖說要我別擔心。至今也一直平安沒出什麼事。

這是我本人、阿佑，第一次遇到的鬼故事。

學校見聞

——本故事由癸通華提供

#1

阿弘就讀某所臺北山區的私立大學，學校後面的山路是知名的夜景景點。就讀期間，他和所有愛跟夜跑車隊的同學，時常半夜揪團騎機車跑山路兜風。

大二的那年冬天，忙著打線上遊戲沒注意時間的阿弘，在接近凌晨三點才想起和同學揪團夜唱的事。怕被大家討厭、急忙取了外套就要騎車下山。可剛到車棚，不知是山間濕氣太重還是天氣太冷，機車數度都是發動幾下就熄火，隔了近半小時，他才終於發動車子。

下山路上山霧變濃，這日斷斷續續下著雨，路上少了許多上山的車輛，但他怕讓大家等太久，騎很快。快到一個小黑影竄過車前一尺可見的距離，緊急煞車的他差點摔車。

停下來後，他想檢查，但又想起體質敏感的學長阿溫說過的：「山上有很多故事……」原本鐵齒的他渾身打顫。

腦海只閃過「趕快下山」的念頭，重新發動機車又耗了近二十分鐘的時間，期間，被濃濃白霧遮蔽視線的他心裡發毛，感知放大、手背上的雨水滑過的濕氣也冷上許多，就好像從剛剛開始氣溫驟降幾度。

開始騎車繼續行程的阿弘，想著終於能離開了，剛剛那個轉彎處讓他一直有種不安的念頭，像被什麼窺看著；等他騎到下一個彎道，準備將一腳跨出車身、順勢騎過這段路，伸出去的腳裸卻像被一雙極度冰冷的手給抓住！差點無法出力！

阿弘嚇得頭皮發麻、心臟猛地跳動，所幸這個感受是瞬間發生的。成功過彎後，接下來的路段一路平安。但阿弘心底的恐懼還是很深，學長阿溫那句：「山上有很多故事。」像魔咒不斷縈繞。

夜唱完和同學回去時，阿弘還是很害怕，要大家騎慢點，就怕他們無法回去……

#2

阿溫之所以告訴學弟妹：「山上有很多故事。」原先只是將過去聽聞的故事加油添醋罷了，他人生至今還沒遇過一次，但看著學弟妹驚呼的模樣就很有成就感。

可能山中精怪看不下去阿溫的行為。這天，家住山下的阿溫再次飆車上山趕課。風呼嘯而過，一陣霧不到十分鐘的時間掩去遠處的路面。

這時，奇怪的事發生了。他竟然看見一位渾身發白的胖女生，身影清晰地站在霧裡朝他揮手！

阿溫嚇得騎更快，很怕女生所待的霧裡是「另一個」世界，但穿進眼前女生待的濃霧裡，任何危險的猜測都沒有發生，他稍微鬆口氣，可當他瞥看後照鏡，卻發現那個女生如影隨形！臉越來越大，直到阿溫察覺到一個可怕的事實：她坐上我的機車後座了！

阿溫不斷冒著冷汗，許多自己可能活不過今天的念頭閃過腦內，但那個看來面無表情的女生，卻用直達心底般的聲音，對他說道：「同學，騎慢一點，騎慢一點。」

「這是我第一次遇到的經歷啦，大家別害怕啊，說不定是哪位學姊。」一劫後餘生的阿溫和之後幾屆學弟妹吹牛時，都會說起那天勸他不要騎太快的學姊。

今天，你有留意車速嗎？說不定學姊就在你身邊……

#3

理學院的阿智是個天生的陰陽眼，經歷多到能寫成一本書，但自

從他考到這所有著傳奇色彩的大學後，每天精采的沒話說，在四樓學校宿舍窗外對他們微笑的美麗學姊，或是有水的造景那只有一半的人形……諸如此類每天上演。

這日，鐵齒的阿弘上課前沿途非要聽他說鬼故事。

阿智盡力帶他走靈體比較少的路段，一面回答不太想繼續解惑的話題。終於，等他們到理學院系館，正準備要進去，阿弘又白痴說了：「啊我們系館是有沒有啊？你有看過嗎？」

「看個頭啦！」他的忍耐有限，不再理阿弘，直接進系館。

結果一進大廳，剛抬頭，他就看見天花板有一隻發白的手、虛軟地垂下來。隔沒多久，一顆人類的後腦杓也浮出來，兩者以一種肢體嚴重扭曲的方式鑲在天花板上！

雖然阿智出生至今看得多，但在毫無防備的情況下，看到另一個世界的東西，依然起了雞皮疙瘩。阿弘越過他正巧進去，那瞬間，天花板的人頭以極快的速度一百八十度轉過來！

阿智狂冒冷汗，開始裝傻假裝自己真的看不見。視線專注落在阿弘臉上，一邊抓住他的手臂說：「我想蹺課，我們蹺課吧。」說完便拉著阿弘離開系館。

阿弘不明所以，在離開的路上大聲嚷嚷：「怎啦？你幹嘛害我蹺課？」阿智想起自己因為誰才蹺課也很憤怒，瞪著眼前傻乎乎的人說：「還不是因為你亂講話！」

今天……你也禍從口出了嗎？

誰在你後面！

鬼故事

城市縮影中的綠鬼手

——本故事由癸通華提供

某國際知名認識城市的藝術快閃活動，臺灣也有幸舉辦了幾屆。這個活動往往是在當天晚上到隔天清晨的時候舉行，讓民眾得以探索主辦方開放的路段、建物更加認識臺灣的城市風貌。

小葵二〇二〇年的時候，邀請她體質有點敏感的學弟一起參加這場活動……這天，小葵非常興奮，在五光十色的裝置藝術下逛了一輪，走得雙腳疼痛仍不疲倦，拉著學弟再去看本次活動的壓軸——首度對外開放的國營事業廢棄廠房。

位於南港的機械廠房，於一九八四年成立，擁有悠久的歷史，未來該廠房將配合都更新計畫搬遷，本趟旅程是民眾得見的最後機會呢！

整個廠區的光源僅由動線一路上經過的數個光束、特殊形狀的裝置藝術提供，在滿是光束的廠外空地，小葵和學弟開心的互相拿手機拍下對方的身影，現場除了光束一片漆黑。

拍完照，頭戴頭盔的兩人排進等待進入廠房的隊伍裡，當輪到他們進去時，廠房內只有地面兩側擁有微弱光源，以及天花板如星空的投影設備。

這趟旅程的所見所聞使他們激動不已，滿載而歸的兩人，隔日分享起廠區拍到的照片，小葵看見自己伸手遮掩光束、強烈的白色光束經過手掌的照片，很是開心，但當她看見自己的胸前，彷彿被魚刺哽住喉嚨，一陣哆嗦，著急和學弟說：「你拍我的照片快刪掉！」

直到一個星期後的某日，兩人相約吃飯時，小葵才敢跟學弟說那張照片的內容……她看見一雙綠色的大手掛在她的前胸，自己頭的側邊，隱約多出一顆短髮難以辨識形貌的頭……

你今天也夜遊嗎？說不定一路上，有意想不到的收穫。

誰在你後面！

鬼故事

浴室裡的人

——本故事由作家夏懸所提供

我讀大學時有一個叫做小陳的朋友，他是一個很宅的人，常常因為沉迷電玩而不來上課。某天我得知他曠課時數過多而將面臨退學處分，身為他的朋友，我覺得我有義務幫助他，加上他還欠我五百元沒還，於是那天放學後我就直接殺到他家去。

小陳是自己一個人住某大樓的小套房。這棟大樓外觀挺老舊的，不過內部裝衡卻很新，地板以木紋磚鋪蓋而成，牆壁也都重新粉刷過，還掛了幾幅藝術畫，在柔和的燈光下，氛圍相當舒適，據說租金也挺便宜的，因此很吸引附近的學生來住。

來到小陳家門口後，我馬上聽到電玩遊戲的槍聲從裡頭傳來，附帶一提我之前已經打很多次電話他都不接，訊息也都不讀不回，所以那時的我非常火大，一直瘋狂按門鈴，就是想讓他知道我很生氣。

過了一會，門終於開了。

「幹嘛？」小陳探出半張臉問。

他聲音聽起來很沙啞，黑眼圈很重，雙眼佈滿血絲，臉頰也很消瘦，看起來很不健康。

「你不去學校，整天在家打電動，小心變廢人。」我說。

他聽聞我這話，立刻把門關上。

我趁他關上門前率先將腳卡進門縫，說：「你再不去學校的話就會被退學。」

「退就退啊，我才不要回去。」

「好，你想玩掉你的人生那隨便你，但你還欠我五百塊，我要你現在就還給我！」

「喔，原來你是來討錢的，那你自己進來拿吧。」

聽他這口氣我就更火大，要你還錢還要我自己進去拿是怎樣？真想揍他一頓。

等他將防盜鎖拿掉後，我鞋也不脫直接進他的房間，隨即一股異臭衝進鼻腔。

天啊！到處都是垃圾！

零食的塑膠袋、泡麵的空碗、寶特瓶與鋁箔包扔得到處都是，還有一堆衛生紙團，怪不得整間房子都是食物的臭酸味與海鮮的腥臭味。

衣物也是扔得亂七八糟，內褲跟襪子散在床跟地板上，他的房間明明才七坪左右，居然能搞得像回收場一樣雜亂，仔細想想也是挺厲害的。

「欸！你房間這麼亂，我哪知道你錢放在哪？」

「應該在床上吧。」他坐回他的電競椅上繼續打電動。

媽的！欠人錢還這種愛理不理的態度，當初真不該跟他交朋友的。

就在這個時候，我聽到旁邊浴室傳來「唰、唰、唰」的聲音。由於門是關的，我不知道裡面的人是誰，不過從聲音聽起來，那人好像在洗衣服。

「原來你家還有人在？」我問。

「沒啊。」

「不然你浴室裡面的人是誰？」

「我不知道。」小陳語氣相當敷衍，我想他根本沒把我的話聽進去，畢竟我自己在打電動的時候，也不太會有心力去管其他事情。

同時我也在想，他是不是打電動太入迷，才沒注意到他親人或是朋友過來？但反正也不關我的事，把錢拿回來比較重要。

而當我從他床上的皮夾取回五百塊後，我發現有水正在從他家浴室門底下的縫裡流出來，而且量滿多的，上面還飄著泡沫。

「靠！怎麼有水啦？」小陳也嚇一跳，因為他沒穿鞋子，所以水直接碰到他的腳。

「是浴室裡的人忘記關水吧？」我說。

「浴室有人？」小陳疑惑。

「你現在才發現？」

由於水一直流出來，我就直接過去浴室看看到底是發生什麼情況。

伸手將將浴室的門打開後，我看見一名老婦人坐在浴室裡面。

體態豐盈的她穿著紫色的花紋衫，燙捲的短髮為她添了幾分活力。

她坐在塑膠矮凳上，專心用著木製洗衣板與鐵盆洗衣服。那慈祥的面容，讓我想起了我的祖母，同時也讓我認為那名老婦就是小陳的阿嬤。

而房間之所以會淹水，是因為蓮蓬頭的水管掉在鐵盆外，水不斷從管口流出，才會導致房間淹水。

「阿嬤，水流出來了喔。」我說。

阿嬤沒有理我，只是靜靜地在洗衣板上搓洗衣服。

畢竟是老人家，聽力不好也是正常的。

我伸手替阿嬤關掉水的開關後，轉身回望小陳。

「原來浴室的人是你阿嬤，不過你太廢了吧？衣服自己洗啊，不要讓老人家做這種事好不好？」

只見小陳臉色慘白，渾身發抖地說：「她不是我阿嬤……」

「她不是你阿嬤？那她怎麼會在你家？」

我本來還在想小陳是不是在唬爛，可當我見到小陳他臉色發青且不斷發抖後，我也逐漸開始察覺，事情似乎真的不太對勁。

如果浴室這人不是小陳的阿嬤，那不就只是個來路不明的陌生人嗎？

不會吧？小陳打電動打到陌生人來他家都不知道？

這實在有點扯，從沒見過有人宅成這副德行，真是太糟糕了！而且這個阿嬤是怎麼進來的？

無論如何，現在得先把阿嬤請出去才行。

「阿嬤，不好意思，這裡不是妳家喔。」

頭一次遇到這種情況，我不曉得怎麼講比較好，只好先沒頭沒腦的把想到的話說出來。

阿嬤仍是持續搓洗衣服，我在想她會不會是失智了，記得以前也曾看過失智老人跑到別人家裡的新聞，想想這種時候還是報警比較好。

忽然，一隻肥大的老鼠從我鞋後跑出來，嚇得我大罵三字經往旁跳開。

沒想到小陳家居然有老鼠！

不，想想他家亂成這樣，加上這裡本身是舊大樓，有老鼠也是挺正常的。

又肥又髒的老鼠跑到阿嬤腳邊，彷彿是嗅到了美食，探出鼻子對阿嬤的腳趾聞了聞。正當我覺得有些噁心，老鼠張開了嘴，露出牠巨大的門牙，朝阿嬤的腳趾啃了下去。

「阿嬤！」

我大叫，想把老鼠趕走，雙腳卻僵在地上無法動彈，沒辦法，我最怕的生物就是蟑螂跟老鼠。

眼見老鼠已將阿嬤的腳趾頭啃出血來，阿嬤卻還是無動於衷，難道她沒有感覺？

應該是坐太久導致血液循環不良，不過再這樣下去，阿嬤的腳趾就會被啃掉，我必須趕緊將老鼠趕走才行。

正當我鼓起勇氣準備過去時，阿嬤有動作了。

她伸出右手，將老鼠抓了起來。

老鼠發出「吱吱吱」的叫聲，肥大的身軀在阿嬤手裡扭動，阿嬤就把老鼠壓到洗衣板上用力搓揉。

『唰唰唰唰唰唰唰。』

「吱吱吱吱吱吱吱！」

『唰唰唰唰唰唰唰。』

「吱吱吱吱……」

『唰唰唰唰唰唰唰唰。』

「吱………」

『唰唰唰唰唰唰唰唰。』

「……」

老鼠不再叫了，牠變成一團紅紅黑黑的爛肉。

表皮的毛髮與體內碎裂的臟器沾滿整個洗衣板，濕淋淋的腸狀物沾黏在阿嬷的指縫上，紅黑的血將鐵盆裡的水給染污了。

我嚥了口沫，壓抑著胃部翻騰的不適。

阿嬷她依舊和藹地笑著，持續在洗衣板上輾壓老鼠的屍身。

很快，洗衣板上已經完全看不到老鼠的樣貌，只剩下一坨爛肉與污血。

這個景象嚇得我渾身冒汗，腦筋一片空白。

就在這時，阿嬷站起來了。

她一邊微笑，一邊舉起洗衣板朝我這走來，強烈的壓迫感從她身上散發而出。

她想攻擊我！於是我趕緊往後退開。

「砰」的一聲巨響，她將洗衣板砸在地上，白色的磁磚地板整個炸裂開來，木製的洗衣板也斷成兩截。

好強大的力量！

如果我剛剛沒退開的話，現在肯定被她砸破腦袋了！

「這阿嬤瘋了！小陳你快來幫忙！」我轉頭大喊。

不料小陳他已經嚇到整個人抱頭蜷縮在地，無奈之下我只好自己一個人來制服阿嬤。

然而，當我還在想對策時，阿嬤率先賞了我一巴掌，頓時一陣天旋地轉，我被她打飛出去撞到房間的牆上，強烈的痛楚使我發出哀號。

阿嬤把我打飛後，就朝小陳的方向走去。

「不要過來！不要過來！」小陳不斷大叫，可是阿嬤還是一直過去。

只見阿嬤一手掐起了小陳的脖子，將他整個人從地上抓起。小陳不斷抖著兩隻腳掙扎，但阿嬤力氣巨大，小陳根本掙脫不了。眼看小陳就要被掐死，我發現地上有把剪刀，便立刻撿起往阿嬤背後插下去。

不可思議的事情發生了，黑色煙霧從我刺下去的地方噴了出來，阿嬤整個人像洩氣的氣球一樣迅速癱軟而下，然後變成一團皺皺的皮，她身上穿的衣服也都落在地上，彷彿她的體內只有一團黑氣而已。

「這……這到底是怎麼回事？」我驚恐問。

小陳完全說不出話，他嚇到都尿褲子了。

後來，等小陳情緒緩和下來後，他才向我坦白，原來之前他跟人玩遊戲時，因為開外掛而被對方嗆說要召喚過世的阿嬤來修理他。小陳本來不以為意，想不到對方的阿嬤還真的來他家了。

由於這事實在太過離奇、太超乎現實，我和小陳便決定不把這件事情說出去，以免被當成神經病。

不過多年後，也就是現在，小陳因為生活作息不正常而暴斃身亡，所以我才決定把這起經歷分享出來。

誰在你後面！

鬼故事

《深夜來電》

——本故事由作家夏懸所提供

這是發生在同事阿和身上的故事。

在他國中的時候，總是有一個女人會不定期在晚上打電話到他們家，並向他們詢問一位叫林春祥的人是否在家。然而，阿和家裡根本沒人叫林春祥，所以阿和總是跟對方說妳打錯了，但對方隔沒幾天仍會像忘了這件事一樣，又打電話來問同樣的問題。

雖然阿和跟他的家人都覺得有點奇怪，但因為那名女人來電的頻率也沒有很頻繁，有時隔好幾天、甚至一兩個禮拜才會打過來，並沒有到很擾人的程度，所以他們自然也就沒做什麼應對。

直到有一天晚上，阿和在床上翻來覆去，一直無法入眠，因為當時他正值青春期，賀爾蒙分泌旺盛，只要一想到暗戀的女同學，他就慾火焚身，剛好當天他父母都因出差而不在家，於是他扭起腰，準備跳下床打開電腦準備登入紅色耶誕網站。

結果這時候，位於客廳的電話響了起來，這不僅打斷了阿和的興致，更讓他覺得有點火大。

氣沖沖走到客廳後，果不其然，他一接起話筒，裡頭傳來的又是那個女人的聲音。

「請問林春祥先生在嗎？」

「妳打錯電話了！」阿和低吼，然後用力掛上話筒。

他很生氣，因為這可是他少數能夠獨自一人快樂的好機會，結果不到一會，電話又響了起來。

「請問林春祥先生在嗎？」

「就跟妳說妳打錯了，妳不要再打過來了！」

阿和剛掛上話筒，電話立刻又響了起來，於是他直接暴怒。

「妳他媽是智障嗎？一直打來是怎樣？」

阿和吼完，索性將電話線拔掉。

電話不再響了，這是理所當然的事情。

然而，本應是如此，但就在阿和準備轉身，電話又響了。

此時的阿和彷彿被潑到冰水般抖了一下，盛怒的情緒瞬間緩了下來。

奇怪？明明已經把電話線拔掉了，為什麼對方還打得過來？

雖然覺得有些詭異，不過在嚥了一口沫後，阿和還是把話筒接了起來。

「請問林春祥先生在嗎？」

又是同樣的問題，不過這一次，阿和不再感到生氣，他只是覺得很不安，因為當他接起話筒時，他又再一次確認到了，電話線已經被他拔掉的事實，但對方仍舊可以與他通話，聲音還相當清晰，這使他感到有些恐怖。

「請問林春祥先生在嗎？」對方又再一次問道。

語氣明明很平靜，但阿和卻很緊張。

怎麼辦？是要繼續回答她打錯了嗎？還是反問她找林春祥到底要幹嘛呢？又或者是問她到底是誰？為何能夠在電話線拔斷的情形下打電話過來？

阿和思索一會，直覺上認為應該繼續保持原來的回答比較好，於是他以顫抖的口吻回答了：「妳打錯了喔。」

「……是嗎？」

「對啊，我們家這裡沒這個人。」

「那麼，現在站在你背後的人是誰？」

對方冷冷丟下這一句話後就掛斷電話了。

這是什麼意思？

阿和有點嚇到，同一時間，他感覺背後有一種壓迫感。

那是一種有人在他身後的氣息，仔細聽的話，甚至可以聽到有呼吸聲從他的耳後傳來……但明明他家裡只有一個人。

心臟跳得飛快，他大約呆站了好幾分鐘，才總算鼓起勇氣轉身回望。映入眼簾的，是客廳的牆壁而已，並不存在任何人。

但他依舊能感覺到，確實有甚麼東西就在那裡。

從那之後，阿和開始患有失眠的症狀，因為他害怕那女人又會打電話過來，不過說也奇怪，自從過了那天晚上，那個女人也就再也沒有打電話去他們家了。

◆

多年後，阿和因為升學關係而搬到其他縣市。某天，他在新聞上看到一則新聞，那則新聞說都更計畫的工人在拆建房子時，意外在水泥牆裡發現一具被透明塑料布捆住的男屍，而那間公寓，正是阿和當時的住處。

接著，根據警方後續的檢驗，那名死者的名字就叫林春祥，警方從他身上的傷口研判，他是遭不知名人士殺害並且埋在牆中。

阿和得知此事後，感到相當震驚，同時他也想起當時不斷打電話來詢問林春祥的那個女人。她是否跟這起凶殺案有關？還有，當時她為何會突然跟阿和說那句話？阿和越想越毛，就不敢再繼續想這件事了。

誰在你後面！

鬼故事

天橋上

——本故事由台南的斑斑所提供

在我讀大學的時候，在我們學校的附近，有一個還算滿大的天橋。那個天橋大約有三層樓高，而且有著相當寬闊的橋面，就連四個人在橋上走著也不嫌壅擠。而且每當下課走在天橋上時，遠方的夕陽在大樓間緩緩落下，看著那難以言喻的美景，是我最為享受的時候。

但以上種種，都不是我對那個天橋印象深刻的理由，而是另一件我不願回想起的事。

◆

「如果分好組的人可以先把名單交給小老師，下禮拜準備好的人就可以先開始報告了。這個題目只是為了讓大家熟悉一下環境，報告輕鬆簡單就好，不用太緊張。」

還記得一年剛入學的時候，老師出了個「關於學校附近的景點」的分組題目給我們這些一年級新生，讓我們去分組、尋找、介紹學校附近的設施和景點，是個非常適合大學新鮮人認識新環境的題目。而我們這組所選的景點就是那個天橋，畢竟那個天橋不僅夠大，也是每個學生都知道的地方，完全可以當作景點來看。

雖然現在回想起來，當時打算混水摸魚的意圖還滿明顯的，不過既然老師都先說這個報告輕鬆做就好，那麼每個人自然都是不會客氣。

報告的內容也有種敷衍了事的感覺，就是打算在現場大概拍幾張照片，然後上網隨便找一些資料、再加上心得感想之類的應付一下。

可能也是因為抱持著這種態度，在計劃要拍照的那天，當我急忙拿著相機爬上了天橋時，美麗的夕陽早已落下，只剩下些微的霞光留在天空。雖然感到無奈和懊悔，但我還是留在天橋上拍了幾張照片，因為就算最好的落日美景沒有拍到，可是這晚霞景色也並沒有差到哪去，說不定還是能夠應付一下報告。

我就這樣拍著拍著，拍到天色完全暗去，再也拍不到什麼好照片為止。而到了這時，我才發現到事情有些不對勁。

儘管太陽西沉、天色變得如此昏暗，可是附近卻連一點燈光也沒有亮起。原本吵雜的車流聲不知道什麼時候消失，整個天橋就像是被孤立般的黑暗寂靜，只有不明的滴答聲飄蕩在耳邊，顯得陰森恐怖。

我當時只覺得渾身發毛，認為自己應該立即離開。不過才剛轉身，便看到一名女子正走上天橋，往我這邊緩緩走了過來。

她的腳步像是拖行般的蹣跚，整個身體像是被扭轉般的扭曲歪斜，每當她往前一步，滴滴答答的聲響便傳了過來，直教人毛骨悚然。

這時候我也明白我碰上了什麼。但當時也不知道哪來的膽子，抑或是根本被嚇傻了，我竟然舉起了相機，就這樣對著那個女子按下了快門。

喀嚓一聲響起，那機械式的快門聲才讓我回神自己剛剛做了什麼。手中的相機還沒放下，遠處的女子赫然已站到了眼前。

我嚇得大聲尖叫，不禁兩腿一軟，就這樣跌坐在地上。

而那女子彎下了腰，脖頸宛如變長了一般垂了下來，那張蒼白的臉孔便貼到了我面前，只餘下幾公分的距離。

滴答滴答的水聲和哭泣般的呢喃聲在我耳邊纏繞，我這時才知道，方才到現在所聽到的滴答聲，是血珠從女子身上滴落、在地上化成一點紅暈的聲音。

我害怕的閉上雙眼，渾身恐懼得不斷顫抖，口裡甚至連個音節都不能好好發出，只能拼命的在心中祈禱，祈望能夠安然度過這一劫。

◆

也不知道過了多久，直到能夠聽見車流和行人的喧鬧聲，我才敢慢慢的睜開眼睛，像是重新學會呼吸般的大口喘氣。

日後我才從熟悉的學長姐那邊聽說，這個天橋，其實是是非常有名的靈異地點。

傳聞幾年前有一對情侶，在經過這個天橋時發生了爭吵。就在吵

到最激烈的時候，男方一時失控的將女方推下了天橋，打算將她致於死地。然而在也不知道幸還是不幸，摔落至車道的女生並沒有當場死亡，而是在痛苦的哀嚎中看著天橋上的男友那無情的面容，被後方的來車一次次殘酷的輾過……

自從那時候起，就開始有人看到一名女子拖著染血的步伐、喃喃著詛咒般的哭泣聲，用著那殘破的身體在天橋上來回，尋找著當初狠心殺害她的男友。

後來，我們這組的報告改為介紹地方一家頗受好評的餐廳，幾個朋友用著田野調查的名義在那邊大吃一頓，沖散了不少我的心理陰影。

至於那天失心瘋拍下的那張照片，我只看了一眼就不敢再看了。只好把整台相機送去給廟宇，希望哪個神明能夠化解那個女子的怨氣。

但直到了我畢業的那年，學校裡還是流傳著女子在天橋上徘徊的故事……

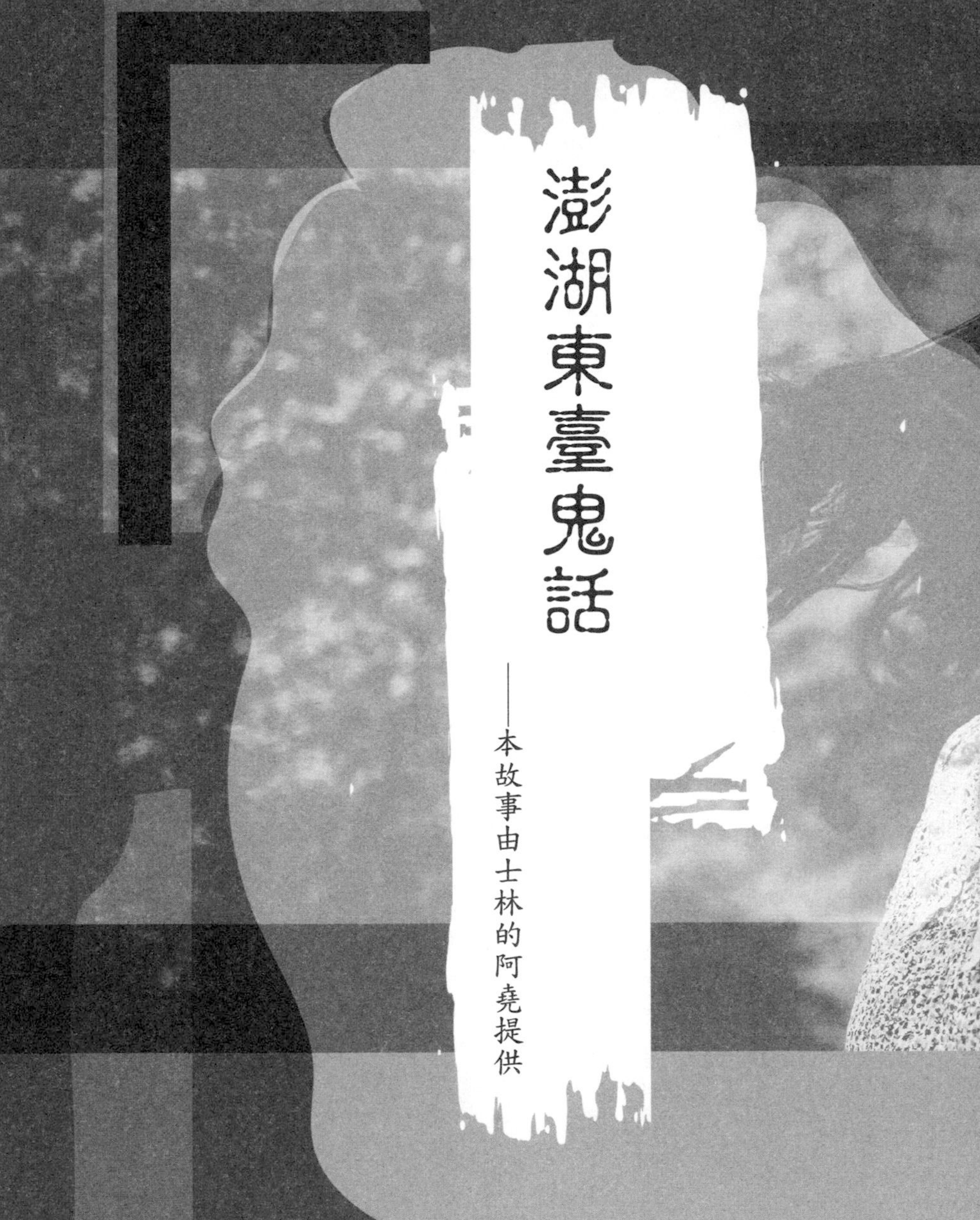

澎湖東臺鬼話

——本故事由士林的阿堯提供

那是我去澎湖玩的時候發生的故事。

我在澎湖當替代役，所以去澎湖對我來說是一趟舊地重遊。在服役期間我有結識一些當地的朋友，所以這次去的時候我就直接住在朋友家，對剛出社會還不滿一年的我來說，能省一點自然是最好。

其實澎湖本島的景點我大部分都看過了，這次來主要就是單純來找朋友，還有回味一些當地很棒的小吃。好友阿達知道我要來，很夠意思的排了四天連假陪我。

好巧不巧的，我在澎湖的前兩天竟然都在下雨。這前不下後不下，偏偏我來的時候下。而且還不是飄雨，也不是午後陣雨，是正巧鋒面南下、整天陰雨。

澎湖平常雨水是很少的，這樣的巧合，還害我被朋友們恥笑了一番。我真開始懷疑我什麼時候變成雨神了。

也因為下雨的關係，這次我就沒有租機車，而是給阿達騎車到處載。能省一點我自然是開心，不過說到底我還是不習慣給人載，尤其是他那台十二年的老機車，載我們兩個肥宅趴趴走，也不知道會不會在路上解體。

第三天終於放晴，雖然我們為了保險還是買了兩件輕便雨衣丟在車裡，能夠放膽衝去遠一點的地方逛逛還是比較開心。

那天我的目標放在西嶼，也就是距離馬公市的直線距離很近，卻要繞本島一大圈才能抵達的地方。

我想再去西嶼燈塔走走，回程的路上也可以去幾個小景點。有些觀光地圖上沒有標示的景點我還沒去看過，如果時間充裕，我是希望能多看幾個地方。

就這樣沿路又吃了幾個令人懷念的味道，逛了幾個沒去過的小景點，澎湖夏天的太陽完全不是鬧著玩，從燈塔離開的時候，我們在便利超商待了一陣子，把全身流失掉的水分補滿之後，才準備踏上歸途。

這時，大概是下午四點半左右。

「時間還早，有沒有想再去哪走走？」因為已經恢復體力，阿達似乎還很有精神。

但我沉默了一下。

西嶼還有哪個景點我沒去過？

「不然就去以前去過，但很久沒去的地方怎麼樣？」

依照這個邏輯的話，應該也剩下沒幾個景點了。

「不然去東臺怎麼樣？我只有當年還是替代役的時候去看過，後來幾次回澎湖玩都沒去。」

「東臺碉堡喔？要去的話要趕快喔！」

聽了我的話，阿達突然寓意深長的笑了一下。看到他這樣笑，我就知道事情不單純。

「怎麼？那邊有什麼老故事嗎？」

阿達雖然稱不上是民俗專家，但是在他的家鄉澎湖，至少在一些小的當地傳說上略知一二，加上他有點靈異體質，雖然不至於有陰陽眼之類的，但對於陰冷的地方會感到極度不適，神怪的故事從他口中說出來也格外有意思。

「哈哈！也稱不上老故事。」阿達看我興致勃勃的樣子，一面大笑起來、一面示意我上車。

車子發動後，他就載著我往西嶼東臺的方向出發。一邊騎，他也一邊聊了起來。

「我想你也知道，東臺跟西臺不一樣，沒有人特別管理，附近樹啊草啊到處長，本來就比較陰森，又是戰爭留下來的，多少都會聽到有人看到什麼軍裝的幽靈之類的。」

「所以一般來說，這種景點我比較不會去。就算要去，我也會早早去。現在快五點，也就是申時了，申時以後就算晚了。」

「還是我們不去吧？」

聽了阿達所說，我就有點猶豫了。

比起看到鬼什麼的，我反而比較擔心阿達的身體。我聽他說過他體質的狀況，以前好像還當場吐出來過。這種情況，是我所不樂見的。

不過他卻笑了。

「哈哈，沒關係啦！有點不舒服就趕快閃人就好了！或者我們也可以不要進去，在入口附近看看、拍拍照就好。」

「喔？這樣好像也行喔！」

聽了他的意見，我覺得可行。反正他也說如果人不舒服就趕快離開就好，似乎沒什麼問題。

我們很快就抵達了目的地，稀奇的是，我們在停車的地方，看到了許多機車。應該是觀光客。

我聽說東臺這邊通常是沒什麼人會來的，原因就像阿達所說，因為疏於管理，四周草木叢生。就算是大晴天的中午，碉堡裡面依然陰暗、甚至有點陰森。

我第一次來的時候是自己來的。那時，我在碉堡的屋頂上到處走走跳跳、到處拍照。不過碉堡裡面，我可是沒進去幾分鐘就出來了。

那時雖然沒有阿達這樣特殊體質的夥伴一起來，但是那種陰森的感覺我還是感受得到的。

「真難得有人呢！」

阿達似乎也覺得東臺這邊有這麼多人有點兒稀奇，不過畢竟是有標註在觀光地圖上的景點，如果是同一夥人，那也沒什麼好意外的就是了。

這個西嶼東台，是在稍微有點海拔的位置。畢竟當年是當作砲台的碉堡，隱藏在山中跟自然結合，是再隱密不過。

順著山坡往上走，我發現入口處跟我當年來的時候不一樣，大門被整修過，不過被施工封條圍上，也不確定是否裡面在整修、沒開放參觀。

「怎麼辦？」

阿達看了我一眼，想確認我的意見。其實我也不是非得來看這個東臺不可，外面圍著的話，雖然旁邊的矮牆爬過去也是可以，但不用勉強進去也不要緊。

「這邊好像不能進去的樣子，不然我們四周走走就回去吧！」

我又瞥了一眼門口的封條，旁邊有貼了告示，只是我也沒想仔細去看，連忙就招呼阿達往回走。反正東臺如果沒開，上來的時候旁邊有一條岔路，我倒是有點好奇。

「你是說旁邊那條小路嗎？我記得那是繞著東臺下面的山體修建的一條小路，在那裡可以從側面看到東臺的外面，以前似乎也有通往東臺內部的通道。」

聽我對小路好奇，阿達馬上又進入了完美的地陪架勢。有這樣的當地朋友，真的是很棒的一件事。

「聽說以前砲彈跟物資什麼的其實是從那邊運進去的，因為你也看過正門了，那邊就是給人走的，通道不大。車子進不去就算了，那一段山路走上去，如果所有的物資都要阿兵哥徒手搬進去，搬完估計也可以睡覺了。」

我聽阿達的講古，不禁笑了出來。

確實，東臺的大門前面是石頭修築的階梯，說寬也不是很寬，好像還有兩道門，每個門都有門檻，跟砲台裡邊也還有好些距離。我倒是沒想過要運物資進去這件事，但如果真要搬，就算一群壯士，來來回回估計也得累死。

「不過東臺後來這麼多年，並沒有被當成舊軍事設施來管理，所以地下能夠通往內部的通道，現在還在不在恐怕就很難說了。」

「哈哈！就算還在，我也不想進去。」我衝著阿達笑了幾聲，這可是我的真心話。

西嶼東臺四周全是茂密的樹林，那條路應該也是被修在樹蔭的遮蓋下，如果阿達說東臺這邊很陰，那下面那條小路，我想恐怕就更陰了吧？

我這人說不怕鬼，雖然是真不怕沒錯，但那個到底有沒有鬼的陰森氣氛，我真的很不喜歡。

一邊說著，我們就走到一排蔭林通道的入口。接下來整條路就被樹蔭完美的遮蓋在下方，看通道的高度，似乎還真的是軍用卡車可以通過的，這讓我對阿達的歷史知識又更佩服了一些。

不過走到這，我就覺得不對了。

「是不是不要再進去比較好？」我看著前面的蔭林通道，也不知道是不是前幾天都下雨的緣故，那種要亮不亮的光線，加上有點潮濕的空氣，讓人不太舒服。

看了一下時間，五點整，申時到了。

「對，不要進去比較好。」

我回頭一看，阿達距離我已經有數步之遙，表情也已經不太對了。

「這麼嚴重嗎？」我馬上往回走，卻聽到身後傳來了嬉鬧聲。

這可嚇了我一身雞皮疙瘩。

「是那群觀光客吧？」阿達指了指我的身後，我又回過頭去，確實看到遠處有幾個人影。

「跑到那麼裡面去，是在玩試膽大會嗎？」我露出苦笑，也不想管那麼多，就往阿達走了過去。

想不到阿達卻伸手阻止了我。

「你進去叫他們不要跑到太裡面去吧！時間不早了，天也要暗了，等一下烏漆抹黑的很危險。」

他這話說得我有點意外。我抬頭看天，這沒看我還沒注意，一看才發現天空已經黑了一半。

已經五月了，才五點天就開始黑，加上現在這個情景，還真讓人有點毛。

不過他說的也對，那群人跑到樹蔭下面去，應該沒注意到天已經黑了一半，不是晚上出來試膽，大概也沒帶手電筒，再晚點兒估計是得用手機照明抹黑出來。

「好吧！我去去就回。還是你回車子那邊等我？」

我看阿達那個越來越難看的臉色，還是比較擔心他的狀況。不過他卻招了招手，說：「不用，我往回走一點就好，還是在這等你。」

看他的苦笑，應該是想讓我安心吧！至少我往回走還看得見有個人在等我，我也不會那麼毛。

於是我留阿達在後頭，一個人往前走了過去。

跑到前面去的，似乎是幾個年輕人。其實我年紀也沒多大，但總感覺那幾個可能是小屁孩，先給了自己一點沒辦法說服他們的心理建設。

沒走多久，我就來到那群人的後頭。他們的前面有一條坍塌的通道，往後是還有路，但看起來就不像是為了運輸物資修建的路了，比較像是人踩出來的路。

也就是說，他們正在那條通往東臺的通道前。不過聽他們嚷嚷的內容，應該是有幾個人往裡面爬了進去。

「哈囉？」我故作鎮定，假裝自己是當地人的樣子，跟隊伍後頭幾個女孩搭話，「你們幾個是觀光客嗎？」

「對啊？怎麼了嗎？」有個眼鏡女孩還挺有禮貌的回答。

「你們要小心一點，東臺這邊比較陰森，天色也開始暗了，不要走太裡面喔！」

「咦，真的嗎？」女孩們抬頭看，可都被樹給擋住，看不到天色。

「妳們是不是有朋友跑進去了？如果可以，就叫他們不要待太晚。這邊真的有鬧鬼的傳聞，早點離開比較好。」

女孩們聽了，臉色就變得比較凝重，尤其那個眼鏡女孩，眉頭都皺了起來。

這個時候，裡面的男生往外喊了幾聲，應該是在招呼女生們也進去。想不到那群女生們原本的計畫，似乎真的打算要跟進去的樣子。

算了，這也算在我預料之內吧！

其實我也沒打算說服他們，只是良心建議兩句而已，也算是配合阿達那份當地人的好意。

於是我向她們點頭致意，轉身就離開了那裡。最後，我又回頭看了她們一眼，聽到靠近通道口一個高個子的女孩對那個眼鏡女孩說了一句：「小玫，阿綱在叫妳啦！」，眼鏡女孩臉色鐵青。

然後我就回到了阿達那裡。

「你還好吧？」阿達問。

「你才還好吧？我沒事啦！我又沒有靈異體質。」

阿達一聽，笑了。拍拍我，我倆就並肩往機車那裡走了回去。

「他們呢？」

「一群年輕人，想要從坍掉的地方爬進去的樣子。好像還真有人爬進去了。」

「唉，現代年輕人真是的吼……」

「講得好像你多老一樣！對了，有個叫小玫的女生挺可愛的，不過好像有男朋友了的樣子。」我決定扯開話題。

「啊你沒有趁機要人家的賴？」

「我靠！剛剛那什麼情境，我是去搭訕的喔？」

「有妹不搭枉男人！」

「最好是啦！」

於是我們就從西嶼東臺離開了，晚上回到馬公市吃了一頓好料。

◆

幾周後，阿達突然賴我。我們雖然要好，但是平常很少聯絡，通常都是社群軟體彼此的貼文互相聊兩句而已，很少用通訊軟體聯絡。

這讓我覺得非常不對勁。

他文字寫著：「阿堯，你記不記得上次我們去西嶼東臺？你去勸幾個年輕人早點走那次？」

「後來那邊有人失蹤了，好像就是那群人。」

然後是一張當地報紙的照片，上頭寫著「年輕人夜闖東臺鬧失蹤」之類的。

我仔細一看，發現上頭寫著失蹤的人，名叫「林雨玫」。

不存在的人不會失蹤

——本故事由士林的阿堯提供

「乾杯！」

隨著歡呼聲，七、八個人圍著熊熊的營火，高舉著鋁罐啤酒開心的暢飲。一旁還有幾個炭爐上頭烤著超大的帶殼牡蠣，濃厚的海味迎面撲來，還依稀能聽到遠處傳來的海浪聲。

六月初，尚麟約三、五好友打算到海邊的民宿渡假五天，不但假期排定、連房間都訂好了，想不到卻一個人都沒約成。

他本來以為，只能自己孤身一人四處閒晃了。幸運地，另外兩組同住一個民宿的人都相當熱情，不但第二天就相約一同出遊附近景點，一群人馬上就玩在一起，變成了很好的朋友。

第三天晚上，大夥兒相約在民宿庭園烤肉，民宿老闆叫了五十斤的大牡蠣，烤出來鮮肥的口感，讓大家讚不絕口。

酒過三巡，大夥兒都有點醉了，其中一行人帶頭的男生開始教唆大家玩試膽大會。尚麟不知道這男的本名，只知道大家都叫他克里斯，他女朋友是個身材超好的長腿辣妹，叫做吉娜。

這夥人是兩對情侶，大家都是用英文名稱呼。另外一夥人共有五個，一男四女，都用綽號稱呼，什麼餅乾、麻糬的，稱呼跟長相毫無關聯，根本對不上。

「阿尚，你也會一起吧！」克里斯似乎是打定主意要所有人都參加，開始一個一個慫恿。尚麟本來就沒在怕，而且單身的女生很多，也都長的不錯，搞不好氣氛一對，還能釣到個女朋友也說不定。

想到這裡，他自然是不甘示弱。

「那有什麼問題！不過，去哪玩？」

「這我自然有譜！」

他好像老早就物色了附近的幾個地方，跑到裡頭向民宿老闆一問，果然附近有個很適合的點。

不過他們這麼一提，老闆卻一改剛才的表情，嚴肅了起來。

「這裡出去右轉，走到底後，有一大片的樹林。那裡晚上陰森的很。」

「通過樹林，再翻過一片很像老舊石堆的地方後，會抵達後頭的沙灘。那裡非常漂亮，沙子是星沙的一種，算是祕密觀光景點之一。不過通常是開車過去，不會從樹林裏面走就是了。」

「你們想玩試膽大會是不要緊，不過要記住，樹林裏面如果有什麼詭異的風吹草動，千萬不要想去一探究竟。」

「哦？這可有意思！」聽老闆這麼說，大夥兒心裡都有點興奮起來。看來這林子似乎有什麼故事。

「林子裡頭有什麼，這我可不敢說。但我很肯定有些老傳說，都是爺爺那一輩傳下來的。」看大家興奮的，老闆拉了個椅子坐下，開始給大家講古。

「有個故事是，很久以前有個女的，因為老公外遇，所以在林子裡面上吊死了，後來只要有漂亮女生進去林子裏，就會追著她們跑。所以女生要小心一點。」

老闆講到這，故意掃視了大家一圈。女孩子們各個面面相覷，剛才的醉意馬上就少了一半。

「但我是沒聽過因為這個女鬼的關係，有人在裡面遇害什麼的。」一邊講，老闆還一邊點點頭。

「還有另一個故事是說，曾經有個很小的孩子，在林子裡頭迷了路，雖然村子出動很多人去找，但是都沒有找到。結果，那個孩子最後餓死在裡面。後來，他好像變成專門捉弄人的小鬼，刻意讓人在裡頭迷路出不來。」

「但是，我也沒聽過後來有人在那片樹林裡面失蹤或死掉過，從來沒有。反正，鬼八成是有，不過即使遇到什麼怪事，只要不要過度追究就沒事。」

講完，老闆哈哈笑了幾聲，就起身回去收拾大夥兒烤肉的殘局去了。

可是聽完他的話，大夥兒明顯分成了兩派：更興奮，不然就是怕得要命。

「欸，真的有鬼欸！那當然一定要進去看看啊！」克里斯明顯比其他人還要興奮，看起來酒也還沒醒的樣子。可是另一群人、尤其是女生，很明顯都不太想去走這一遭的樣子。

但這難得有些民間故事，本來大家也都在興頭上，不玩一下實在太可惜了！

「不然，男生必須得一個人，女生兩人一組，至少可以壯膽，怎麼樣？」尚麟提議。

「我們抽籤決定先後順序，每個人相隔兩分鐘進去，不過由男生負責打前鋒跟墊後。反正不管有沒有遇到怪事，我們就是直線往前進就對了。依照老闆所說，只要直直走就能夠離開樹林，目標是所有人在祕密沙灘集合，然後再請老闆去接我們，怎麼樣？」

聽完尚麟的提議，加上克里斯的慫恿，女孩們也都半推半就的答應了。最後，克里斯自告奮勇要當開路先鋒，剩下的人就抽籤決定順序。

尚麟是第四，另一組人馬唯一的男生餅乾殿後。

行前，看克里斯興奮的樣子，尚麟一直覺得不太對勁，加上他時不時露出來的壞笑，恐怕他先進林子裏，不是自願開路，而是想要嚇人吧！

可尚麟心想，這試膽大會，要是中間沒遇到什麼怪事，沒有人嚇到，那就不好玩了。

於是他沒有戳破克里斯的計畫，反倒是自己也暗自開始計畫起該怎樣嚇人。

活動開始後，為了保持聯絡，大家先在通訊軟體裡面創了個群組，把所有人都加進去，也加了老闆方便讓他掌握狀況，然後克里斯就二話不說的出發了。

兩分鐘後，克里斯的女友吉娜跟她好姐妹一起出發，然後下一組則是另外兩個女生，再來才輪到尚麟。

他一進林子，就覺得有種說不出來的陰森感。可能是樹跟樹之間很密，有些地方根本沒有空隙可走，繞來繞去讓人迷失了方向感。加上林間水氣重，格外覺得壓迫難走。

本來，尚麟是打算快步往前，看能不能繞到女生前面嚇嚇她們，不過實際開始走之後，別說是要繞到前面了，即使全速前進，能不能追上恐怕都是個問題。

走了一段路後，他開始覺得有點累，於是決定放慢速度穩定前進就好，不再去想怎樣能追到前面的人。想不到這時，一個人影從旁邊竄了出來。

「阿尚，總算是找到你了！」

「吉娜？」

尚麟非常訝異為什麼第二組出發的吉娜會在這裡。而且，她的夥伴哪去了？

然而更讓他沒想到的是，她拉起他的手，帶著他往另外一個方向走去。走沒多遠，繞過兩個糾纏在一起的樹後，她突然吻了上來。

這一吻，尚麟正想自己是不是醉過頭了，但吉娜頭髮上的香氣迎面飄來，清新得不像是幻覺。

「吉娜？」

「噓，別說話。」

吉娜伸手阻止他繼續說下去，一面吻他，一面伸手在他身上亂摸了起來。

被她這麼熱情的擁吻，尚麟腦子一嗡。這送上門來的不是別人，偏偏是女生裡面最正的吉娜，或許是腦袋裡殘存的酒精在作祟，他也顧不得那麼多，開始熱情的回應起來。

不過兩人也沒在樹的後頭親熱多久，很快的，樹的另一邊就傳來有人經過的聲音。

尚麟探頭偷偷一看，是殿後的餅乾。

這一看他腦子就傻了。

不對啊！自己最開始明明全速前進，也沒跟吉娜在這裡磨蹭多久，怎麼比自己還晚三批的餅乾，會那麼快就追上自己呢？

難道是跟吉娜相處的時間太愉快，所以覺得時間過得特別快？還是餅乾走得特別快？

那也不對啊！在自己跟餅乾之間，應該還有兩組人才對。怎麼餅乾這麼快就追上來，卻沒看到另外兩組人？

也不知道是不是因為吉娜意料之外的舉動，讓尚麟腦袋整個都打結了。可是看著他傷腦筋的樣子，吉娜卻笑了。

「嘻嘻！我打從一開始就覺得你很可愛，果然，你真的很有趣欸！」吉娜頑皮的笑臉，讓尚麟有點兒害羞起來。

「我……我們快走吧！不然在森林裏待太久……」臉紅的尚麟想要掩飾自己的害臊，趕緊轉移話題。

但吉娜卻笑了，再次親了他一下。

「好，我們回去再好好相處。」

於是尚麟拋下了剛才腦中一片混亂的思緒，與吉娜結伴走向林子的另一邊。

大夥兒最後在沙灘上碰頭，其他人似乎都沒有在林中遇到什麼怪事的樣子。倒是吉娜的夥伴看上去就是一副剛大哭過一場的表情，大概是吉娜突然失蹤，把她給嚇壞了。

最後，大家撿了其他遊客亂丟在海灘上的寶特瓶，裝了一些星沙，就打電話請老闆來將大夥兒載回民宿。

當晚，吉娜半夜還溜到了尚麟的房間裡，讓他嚇都嚇壞了。

◆

隔天，尚麟睡到快中午。今天他跟其他人約好要去另外的景點，只是因為沒有約時間，而且大家昨天都鬧到很晚，恐怕也是都差不多時間起床。

民宿大廳中，幾乎所有人都在，只有老闆在外頭幫庭園的樹澆水。

「克里斯呢？」環視一圈後，尚麟問。

「克里斯是誰？」回答他的，是吉娜。

尚麟一聽，抬起頭，發現所有人都用一副看到神經病的表情盯著自己。

這時他才發現，昨晚在海灘集合的時候，克里斯就不在了。

他不只沒有嚇人、沒有胡鬧。他根本就不在。

而自己卻沒注意到。他打開手機的通訊軟體，在群組裡想找到克里斯。

但是沒有這個人。

他沒有發言過，就算尚麟記得他有。他也沒有被踢出群組。

「阿尚，你還沒睡醒嗎？」就連餅乾，也都這麼問他。

這時，他腦中不知為何，想起一句老闆昨晚說過的話。

『我也沒聽過後來有人在那片樹林裡面失蹤或死掉過，從來沒有。』

誰在你後面！

鬼故事

又一次沈佩慈

——本故事由台北的徐先生提供

這幾年很流行的密室逃離，在公司裡也開始流行起來，原本我不怎麼感興趣的，直到公司裡還來不到半年的新進人資小妹開口邀約，我才開始思考這件事。

看著桌上的老婆照片，我在心中問了一句「要去玩玩看嗎？」然而……相框上的玻璃竟然裂開了，是因為人資小妹的邀約而生氣嗎？雖然我是知道我能有今時今日的成就都是因為佩慈，但我絕對是忠心不二的，看來晚上回家得好好地解釋了，想到這裡，我便煩躁了起來。

但我也沒有回絕人資小妹的邀約，畢竟公司裡的中階幹部們大多去玩過了，沒有玩過的話好像又搭不上話，然而，這次要去的地方是以《返校》為主題的密室逃離，我想，可能是佩慈想太多了……

下了班，我也沒有留下來和同事聊聊天，很迅速地打了卡就匆匆下班，回到了因為樂透中獎而不用貸款就買下的新家，也把父母也接了過來一起住，在冥婚這件事情上，雖然倆佬很在意，但也沒辦法，這是我的選擇。

回到了家，慣例的給老婆上香磕頭請安問好，隨後便跪在供桌前雙手合十的閉上眼睛，在心中默默的道歉著……

話說到一半，一些民國初年的片段影片就飛入我腦海裡，我看見一位穿著旗袍年約三十幾歲身材曼妙的女子正慌張的逃跑著，像是被什麼人追趕著，穿著高跟鞋跑在石板路上發出喀喀的聲響，我還聽見了許多男人的嘲笑聲……最後鞋跟斷裂，那女子便跌坐在地上，膝蓋也流著血慢慢地爬行著……

之後，我的眼前就一片黑，佩慈的身影就浮現在我面前，套用了返校裡的一句話：「你是忘記了，還是害怕想起？」

我滿身大汗的睜開眼睛，供桌上佩慈的相片又倒了下來，我將那照片雙手恭敬的將照片安好後，還是不知道發生了什麼事，一臉疑惑的看著佩慈的照片……

「看來你是真的忘記了……」佩慈的聲音傳進我的腦中。

「請告訴我，拜託……」我懇求著。

原來，我是當年對她母親施暴者的其中之一，雖然我沒有直接關係，也不是在那天對她母親造成直接傷害的人，但我卻死於自責中，而佩慈所做的這一切都在她的計畫中。

「我不會害死你的，你也在死前懺悔過，並且在這一世娶我為妻，只要你不再娶，我都會幫助你的……」佩慈再次強調這件事，也不打算對我復仇，但似乎只要我移情別戀的話……

結婚時的那一夜，佩慈就說過這句話，但我不以為意，現在我知道了，佩慈的母親發生了那些事情，以及她父親被奸人所害，都是同一個團體所為，我雖不是主使者，但這輩子我要努力的贖罪，迴向功德給佩慈。

但我還是不知道為什麼佩慈對於去玩返校主題的密室逃離會起這

麼大的反應，詢問後才知道，是因為人資小妹的關係。

果然是吃醋了吧……即使是上個世紀的女孩子，遇到了這種事情，難免還是會吃醋呢。

在我好聲好氣的勸導和發誓後，才平息了這怨氣，安然的度過了今晚，睡夢中我又再次的經歷了我那輩子的人生，想想也是賺到，又有多少人能夠在不亂花錢的情況下就能知道上輩子的自己是誰，又造了什麼孽、結了什麼緣，以及這輩子該以什麼樣的心態來面對自己呢？雖然這天晚上睡不好，但心中的大石算是放下了一半。

到了約定好的那天，我們一行人買好了票，我摸了摸左手的戒指後，便進入了返校的密室逃離遊戲現場。

當我一進入遊戲現場時，所有的場景都在前一天的夢中浮現了出來，該怎麼解謎、誰說了什麼、誰做了什麼都一一的還原根本就是預知夢，連我什麼時候說話，下場解謎、打開機關都一模一樣，我只能在心中不斷地佩服佩慈……

闖關成功，遊戲結束後，我已經沒有什麼體力續攤了，就表示我想先回家休息了。人資小妹用那滿是佩服的眼神看著我，雖然她長得很可愛，聲音也很輕柔，但我的佩慈更可愛！

不過，事後人資小妹請了一個禮拜的病假。

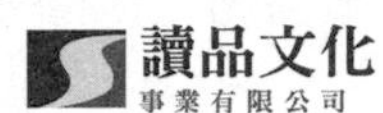
永續圖書線上購物網　讀品文化事業有限公司

WWW.foreverbooks.com.tw　yungjiuh@ms45.hinet.net

鬼物語系列 27

誰在你後面！臺灣恐怖鬼故事

作　　者　雪原雪
出 版 者　讀品文化事業有限公司
執行編輯　賴美君
美術編輯　林鈺恆
內文排版　姚恩涵

總 經 銷　永續圖書有限公司
TEL／(02)86473663
FAX／(02)86473660
劃撥帳號　18669219
地　　址　22103　新北市汐止區大同路三段 194 號 9 樓之 1
TEL／(02)86473663
FAX／(02)86473660
出 版 日　2021年09月

法律顧問　方圓法律事務所　涂成樞律師

國家圖書館出版品預行編目資料

誰在你後面！臺灣恐怖鬼故事 / 雪原雪著.
-- 一版. -- 新北市 : 讀品文化事業有限公司,
民110.09　面 ;　公分. -- (鬼物語 ; 27)
ISBN 978-986-453-152-3(平裝)

863.57　110011040

▶ 誰在你後面！臺灣恐怖鬼故事 （讀品讀者回函卡）

■ 謝謝您購買本書，請詳細填寫本卡各欄後寄回，我們每月將抽選一百名回函讀者寄出精美禮物，並享有生日當月購書優惠！
想知道更多更即時的消息，請搜尋"永續圖書粉絲團"

■ 您也可以使用傳真或是掃描圖檔寄回公司信箱，謝謝。
傳真電話：（02）8647-3660　　信箱：yungjiuh@ms45.hinet.net

◆ 姓名：　　□男　□女　　□單身　□已婚

◆ 生日：　　□非會員　　□已是會員

◆ E-Mail：　　電話：（　）

◆ 地址：

◆ 學歷：□高中及以下　□專科或大學　□研究所以上　□其他

◆ 職業：□學生　□資訊　□製造　□行銷　□服務　□金融
□傳播　□公教　□軍警　□自由　□家管　□其他

◆ 閱讀嗜好：□兩性　□心理　□勵志　□傳記　□文學　□健康
□財經　□企管　□行銷　□休閒　□小說　□其他

◆ 您平均一年購書：□ 5本以下　□ 6～10本　□ 11～20
□ 21～30本以下　□ 30本以上

◆ 購買此書的金額：

◆ 購自：　　市(縣)
□連鎖書店　□一般書局　□量販店　□超商　□書展
□郵購　□網路訂購　□其他

◆ 您購買此書的原因：□書名　□作者　□內容　□封面
□版面設計　□其他

◆ 建議改進：□內容　□封面　□版面設計　□其他

您的建議：

剪下後傳真、掃描或寄回至「22103新北市汐止區大同路三段...

廣　告　回　信
基隆郵局登記證
基隆廣字第 55 號

2 2 1-0 3

新北市汐止區大同路三段 194 號 9 樓之 1

讀品文化事業有限公司　　收

電話/(02)8647-3663 傳真/(02)8647-3660

劃撥帳號/18669219 永續圖書有限公司

請沿此虛線對折免貼郵票或以傳真、掃描方式寄回本公司，謝謝！

讀好書品嘗人生的美味

誰在你後面！臺灣恐怖鬼故事